時々ボソッと
ロシア語でデレる
隣のアーリャさん
Иногда Аля внезапно кокетничает по-русски
7
Когда-нибудь ты всё-таки выберешь меня, да?

「どうしたの？
そんなにこれが、
気になっちゃった？」

「いい……
うん、いいね」

「オーッホッホッホ、
わたくしの勝利ですわ〜！」

目次

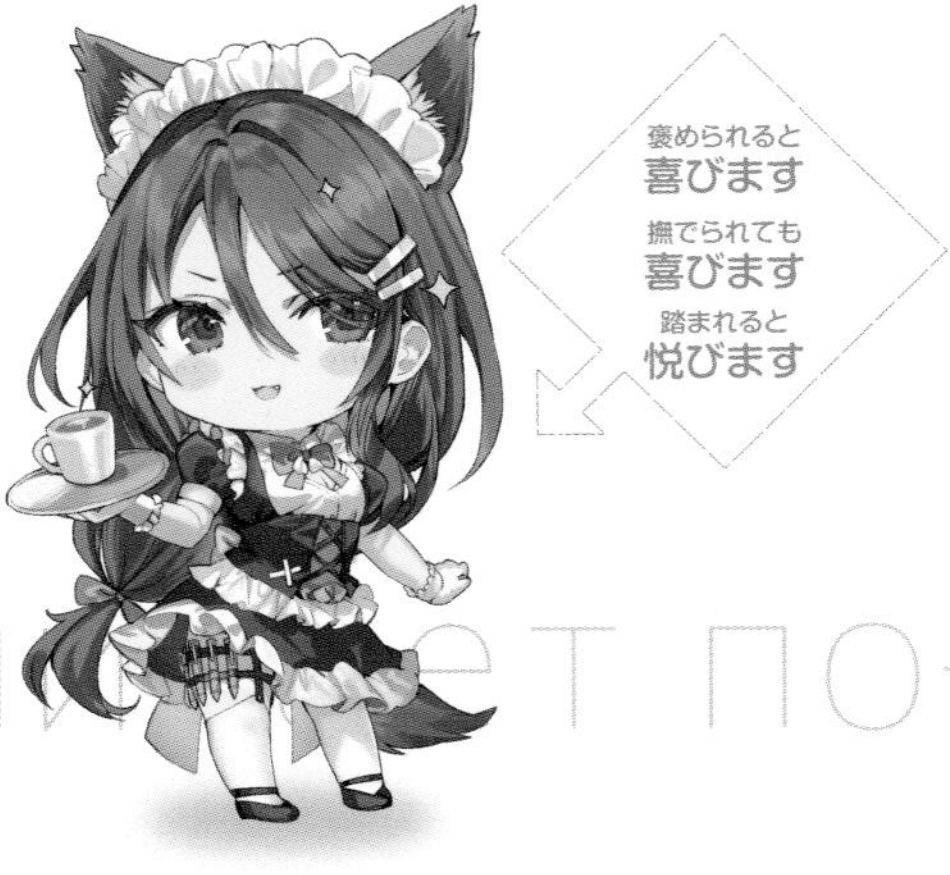

褒められると
喜びます
撫でられても
喜びます
踏まれると
悦びます

時々ボソッとロシア語でデレる隣のアーリャさん7

燦々SUN

角川スニーカー文庫

23787

Illustration : ももこ
Design Work : AFTERGLOW

プロローグ

これは

「それじゃあ、ごゆっくり～」

そう言って意味深に笑いながら、スリットパイセンの出て行った手芸部部室。すっかり日も落ち、室内を照らすのは校庭から差し込む電灯の明かりだけ。わずかに聞こえるのは校庭から微《かす》かに届く生徒達の声だけ。

「えっと……本当に、校庭には行かないのか？」

「……当然でしょ。あんな話を聞かされて、行けるはずがないじゃない。絶対に変な誤解されるわ」

「まあ、うん……」

どういう誤解なのかは、言われずとも分かった。先程スリットパイセンから教えられた、政近《まさちか》とアリサに関する噂。その当事者二人がこんなに気合の入った衣装で登場したら、確実に多くの生徒に「あの二人、デキてるな」と思われるだろう。むしろこれで「付き合ってない」と言ったら、「え、嘘でしょ？」と真顔で言われてしまいそうだ。

「それに……このドレス、綺麗《きれい》なのは確かなんだけど、人前に出るにはちょっとデザインが……」

視線を下に落とし、言葉を濁すアリサ。その視線を追い、大きな二つのお山が目に飛び込んできて、政近はすぐに斜め上を向いた。

(いや、うん。それはそう。マジでそう)

口に出すのは憚《はばか》られ、心の中でのみ同意する。

バンド衣装も、アリサにしてはなかなかに胸元が大胆なデザインだったが、このドレスはそれ以上だった。ぶっちゃけ、上乳が半分くらい見えている。谷間すんご～い。

(うん、あれだ。漫画とかでセクシーなお姉さんキャラが時々やる、胸の谷間からスマホを取り出すっていうあれが出来そうだ)

とっさにオタク的思考に逃避しようとするが、すぐに脳内イメージのお姉さんキャラが今のアリサとすり替わり、政近はブルルッと頭を振った。

(ってかそもそも！　あんだけ胸元開いてたら普通に下着が見えると思うんだが⁉　見えないってことはそういう形状の下着なのかそれとも……ま、まさかノーブ――)

思わず再度確認しそうになり、自分の頬《ほほ》をペチンと叩《たた》いて強引に顔を前に向ける。すると、脳内に「わたしが作りました」と言わんばかりに自慢そうな顔をしているスリットパイセンの姿が思い浮かび、政近はギリギリと奥歯を噛《か》み締めた。

(おいこらスリッパぁぁ――――!!　こんな衣装で生徒の前に出れるわけないだろぉがぁぁ――――!!　誰がここまでやれと言った！　大変素晴らしい出来ですねありがとうございま

すっ!!)

八つ当たり気味に脳内で叫んでいると、アリサがじろりと冷たい目を向けてくる。

「これは、あなたの趣味?」

「いや、それはたぶんスリッパの趣味。というか業《カルマ》」

「……ふぅん」

誤解されないよう即答するも、頬に懐疑的な視線が突き刺さるのがよく分かった。しかしそこで校庭の方から音楽が聞こえ始め、二人はどちらからともなくそちらに目を向ける。そして、これまたどちらからともなく顔を見合わせた。

「っ」

目が合い、改めてアリサの夢幻のように美しい姿を意識して、心臓が跳ねる。薄暗がりの中にあってなお白い、新雪のような肌。わずかな光でもキラキラと輝く青い瞳。その、整い過ぎて現実感がないほどに美しい容姿を強調する、まるで妖精のようなドレス。アリサの折れそうなほどに細い腰が、またその儚《はかな》げな印象に拍車を掛けていて……その一方で、その印象をぶち壊すほどの破壊力を宿した――

「ンンッ!」

咳払《せきばら》いで邪念を払うと、政近は動揺を表に出さないよう努めながら、そっとアリサに左手を差し出した。

「えと、じゃあ改めて……踊ろうか?」

「……いいわよ？」

その手にアリサが右手を乗せ、互いに向かい合う。そうしてもう片方の腕をアリサの背中へ回すと、政近はスッと気持ちが落ち着くのを感じた。吐息が触れそうな距離にあるアリサの顔を見つめながら、その呼吸に合わせてステップを踏む。

「……今年は、ずいぶんと大人しいな？」

去年の後夜祭で見せたじゃじゃ馬っぷりを思い出しながらそう悪戯《いたずら》っぽく問い掛けると、アリサは少し眉根を寄せた。

「借り物のドレスで、無茶をするわけにはいかないでしょ？　それとも、もっと激しいダンスがお望み？」

「ははっ、あれはすごい神経使うから、今日は勘弁」

「……そ」

互いに身を寄せ合い、お互いだけを見つめながら、穏やかな気持ちでステップを踏む。すると、強い懐かしさと共に、幼少期の記憶が刺激された。

(この感じ……昔受けてた社交ダンスの授業を思い出すなぁ。あの時の練習相手は綾乃《あやの》だった、っけ⁉)

途端、急にグッと踏み込んできたアリサにむぎゅぅっと体を押し付けられ、政近は慌てて後退する。が、なぜか距離が離れない。今にも脚がぶつかってしまいそうなほどに距離が近い。

「アーリャさん？　なんか、近くない？」

「そう？　気のせいじゃない？」

「いや、近いってぇ⁉」

言ってる間に再度踏み込まれ、政近は慌てて回避する。もはや、ダンスも何もない。政近はもう、とにかくアリサの脚を蹴らないよう、転倒しないようにするので精一杯だった。

（去年より、大人しいと、思ってたのに⁉）

全神経を集中させた必死の足さばきを、ぎゅむっと押し付けられる柔らかな感触が妨害する。

（つおぉぉう、こっちは去年より大人らしくなってるなぁ！）

胸元に押し付けられる、去年よりも更に存在感を増したように思える感触に意識をかき乱されながらも、政近は決して視線を下げない。下げたら深い深い神秘の谷へと視線が吸い込まれると分かっているから。

（ふっ、スリッパの罠《わな》には引っ掛からな──あっぶぶっ！）

冷静さの欠片《かけら》もない表情で、ドタドタと不格好に足を運ぶ政近。それを容赦なく追い詰めながら、アリサは嗜虐《しぎゃく》的な笑みを浮かべる。

（ふふっ、あらあらさっきまでの余裕はどこに行ったのかしらぁ？）

ダンス中になんだか別の女のことを考えられた気がして、咎《とが》める意味で体を押し付けてみたが、予想以上の反応だった。目を白黒させながら、一瞬視線を下げかけては慌てて戻す政近に、アリサはどんどん悪戯心が湧いてくる。

（そうよ、私がこんな大胆なドレスを着て、ダンスの相手をしてあげてるんだから……私だけを意識してなさい、よ！）

逃げられないよう、両手でしっかり政近の体を引き寄せながら踏み込む。すると、政近は驚異的な反応速度でそれに応える。

「ふふっ」

アリサの踏み込みを避ける脚に、優しく背中に添えられた右手に、政近の強い気遣いを感じて、アリサは笑った。

アリサのどんな無茶も、政近は必ず受け止めてくれる。それがどうしようもなく嬉《うれ》しくて、アリサはなおも政近を翻弄する。

（ああ、楽しい……もっと私を、私だけを見て。私だけのパートナーでいて。そのためなら、私――）

握り合わせた手が熱い。間近に感じる政近の体温に、鼓動が際限なく高鳴る。目の前の政近の瞳に意識を吸い込まれるように、アリサは無意識に顔を寄せ――

「う、わっ、と⁉」

「え、きゃっ！」

そこでとうとう、政近が体勢を崩した。よろけるようにして床に尻もちをつき、壁面に背中をぶつける。それに釣られる形で、アリサも前のめりに転倒し――政近に、ぎゅっと両腕で抱き留められた。

「痛《い》ってぇ〜……アーリャ、大丈夫か？」

政近が転倒したのは、どう考えてもアリサのせいだ。それでも政近は、一切責めることなくアリサの身を気遣う。その優しさに、向けられる心配そうな視線に、アリサの心は喜びで満たされた。

本当は謝らなくてはいけない。分かっているけれど、どうしようもなく笑みが溢《あふ》れてしまう。楽しくて、嬉しくて……目の前の少年が顔を曇らせているのが嫌で、アリサは笑顔を小悪魔的なものに変えた。

「どうしたの？　そんなに……」

政近の顔を上目遣いに見つめながら、右手人差し指を胸の間に差し込み、ドレスの縁をくいっと引っ張る。そして、自ら谷間を見せつけるようにして、熱っぽく囁《ささや》いた。

「これが、気になっちゃった？」

「ちょっ、おまっ、なん――!?」

冷静さも紳士さも完全に吹っ飛んだ様子で、政近が分かりやすく動転する。その視線がしっかりと自分の胸に注がれるのを感じ、アリサは全身がカッと熱くなった。

「ふ、ふふっ、このスケベ。へんた〜い」

今にも叫びたくなるような羞恥に身を焦がしながら、アリサはからかうように政近をなじる。そして、政近の視線から逃れるように、再びその胸に身を預けた。硬く安心感がある胸板に耳を当てると、アリサと同じように激しく高鳴る鼓動を感じる。

（すごい、ドキドキしてる……ふふっ、本当にエッチなんだから）

それでも、嫌じゃない。触られるのも、見られるのも、彼にだったら嫌じゃない。

この感情は、なんなのだろう。今でも叫びたくなるほどに恥ずかしいのに、心は喜びで満たされている。この感情を、前にどこかで——

「お、おい、アーリャ？　お～い」

困惑に満ちた政近の声。それにも笑いを誘われ、アリサは肩を揺らす。

「いや、何をそんなにツボってんの？　怪我《けが》してないならそろそろどいて欲しいんだが？」

「あら、私に抱き着かれるのは不満？」

「だ、抱き着くとかっ——」

動揺も露《あら》わに言葉を詰まらせる政近に、アリサは機嫌よく笑いながら目を閉じた。

（これは政近君をからかってるだけ。ただ、それだけ……）

そう胸中で呟《つぶや》きながら、アリサは政近にしなだれかかる。その完全に信頼し切った笑顔に、政近もまた観念したように体の力を抜いた。

そうして二人は、校庭から音楽が聞こえなくなるまで、静かに寄り添い続けるのだった。

Иногда Аля внезапно кокетничает по-русски

第1話　さいかい

秋嶺祭《しゅうれいさい》が終わり、振替休日を挟んで通常授業に戻った征嶺学園《せいれいがくえん》。しかし、生徒達の多くは全く授業に集中できていない様子で、友人やクラスメートと話がしたそうにそわそわしていた。中には我慢できずに、こっそりスマホを使ってチャットをしている生徒まで散見される。

彼らの意識の大半を占めているのは、体育館で行われた全校朝礼で起こったひとつの事件。あるいは、謝罪会見だった。

『申し訳ありませんでした』

そう言ってステージ上で全校生徒に見事な土下座を披露したのは、学園でも三本の指に入るモテ男子である桐生院《きりゅういん》雄翔《ゆうしょう》。大企業の御曹司であり、その卓越したピアノの腕前と甘いマスクから〝ピアノ王子〟などとも称され、それ相応にプライドも高いことで知られている生徒だ。そんな彼が見せたその行動は、全校生徒に衝撃を与え、多くの女生徒たちに悲鳴を上げさせた。いや、むしろ一番衝撃的だったのは……土下座をする雄翔の頭部が、眩《まばゆ》く輝いていたことかもしれない。

いつも嫌みなほどに隙なくセットされ、女生徒たちに悩ましい溜息《ためいき》を吐かせていた魅惑のサラサラヘアーが、その頭部からきれいさっぱり消え去っていたのだ。しかも剃《そ》った人の腕が悪かったのか、あちこちに絆創膏《ばんそうこう》が貼られていて、なかなか痛ましいというか滑稽というか……まあはっきり言ってかなり笑えた。顔だけは相変わらず耽美《たんび》系だったから尚《なお》の事。正直、統也《とうや》の口から行われた事情説明とか、ちょっと入ってこなかった。

それでも、少しずつ理解が浸透するにつれ、主にあの騒動で何らかの被害を受けた生徒を中心に、怒りの声が湧き上がり——かけたのだが。そこで雄翔と共にステージに上がっていた菫が突然「連帯責任」と称してハサミを取り出し、自慢の縦ロールを断髪しようとしたところで再び阿鼻叫喚《あびきょうかん》。菫を止めようと女子剣道部員数名がステージ上に乱入し、先日の剣劇を彷彿《ほうふつ》とさせるバトルが始まり……茅咲《ちさき》の大喝で全員正座するという、コントとしか思えない騒ぎが起きた。

それでまあ、全校生徒が笑えばいいのか怒ればいいのか分からない奇妙な状態に陥る中、校長の口から雄翔に〝一カ月の停学〟という処分が下され、全校朝礼は終了。そして今は、全校生徒がその話で持ちきりだった。中でも、雄翔の陰謀を挫《くじ》いた張本人と思われる政近《まさちか》には、当然のように注目が集まるわけで。

「なあ久世《くぜ》！　今朝のあれって、やっぱり学園祭ん時のピアノ対決が原因なのか⁉」

「ピアノ王子にピアノ勝負で勝ったってマジ⁉」

「どうやってあの騒ぎの犯人が桐生院くんだって分かったの？」

一限目の授業が終わった途端、クラスメートがワッと寄ってきて、政近は盛大に顔を引《ひ》き攣《つ》らせる。それでも、ここで説明を怠って変な噂や憶測が広まるのは御免なので、政近は出来る範囲で質問に答えていった。

「なんで桐生院が犯人って分かったかって言えば、あの騒動が現生徒会の失脚を狙ったものなら、犯人は次期会長選に出馬する可能性がある奴だろ？　まあ前期の会長と副会長に恨みを持つ人間って可能性もあったけど……どっちにしろあそこまで大きな騒ぎを起こした以上、来光会には事情説明のために接触を図ると思ったんだよ。それで、来光会に近付く奴がいないか見張ってたら……ってわけだ」

「へぇ～！　で、どうやって討論会に持ち込んだんだ？」

「それはまあ、秘密だ」

「ええ～！　教えてくれよぉ、めっちゃ気になるじゃん！」

「それ！　むしろそこを一番知りたいんだが!?」

クラスメートにグイグイと詰め寄られるが、政近にも話せないこと……というか、話したくないことがある。なので、政近は苦笑しながら殺し文句を口にした。

「勘弁してくれ。来光会絡みのことだと、言えないこともあるんだ」

その言葉を聞いて、身を乗り出していた周囲のクラスメートは一様に「うっ」という表情になる。

「ああ、そういうことか……」

「そう言われると、ね……」

　彼らが揃ってなんとも言えない顔になるのには理由があった。というのも、秋嶺祭でのあの騒動に関しては、当日中に緘口令《かんこうれい》が敷かれたのだ。秋嶺祭を訪れていた、来光会の面々によって。

　それでも人の口に戸は立てられず、外部客を中心とした数名が、騒動の動画や画像をSNSで発信したのだが……それらの投稿は、一分と経《た》たない内に削除された。それもアカウントごと。そして、メディアには「秋嶺祭に不審者が侵入し、警備員に拘束された」という、騒動の規模に反して短く簡素なニュースがちょろっと流れただけ。さも、侵入してすぐ捕まったかのようなあっさりとしたニュースは、特に人々の関心を惹《ひ》くこともなくスルーされ……これには来光会がどういう組織か知っている征嶺学園生も、真顔で「え、怖《こわ》っ」と言うしかなかった。

　ちなみに、警察なども特に出動していなかったが……風紀委員会室に連行された侵入者たちは、全員いつの間にか姿を消していた。彼らがどこに行ったのか、どんな目に遭わされたのかは、恐らく知ろうとしない方がいいのだろう。

「一国家を裏で操ってる秘密組織があるってのは、古今東西どこにでもある陰謀論だけどよ……オレ、来光会がそれなんじゃないかと思えてきたわ」

「いや、別に秘密組織ではないんだけど……本当にありとあらゆる権力者が集まってるんだなって、実感したよね」

「むしろ、よく停学一カ月で済んだよな、桐生院」

「そこはまあ、選挙戦のためだったってことで……恩赦じゃない？」

畏れ混じりに話し合うクラスメート達。それらに無言の苦笑で応えつつ、チラリと教室後方に目を向ければ……そこにも別の人だかりが出来ていた。

「あのライブ、マジでよかった！　なぁ、音源とかないの？　他のクラスの奴らも欲しがってんだけど」

「お、音源？　あぁ～それは考えてなかったな……」

「練習用に録《と》ったのはあるけど……ちゃんとスタジオで録ったやつはない、かな」

「「ええ～！」」

不満げな声に晒《さら》され、少し困りながらも誇らしげな顔をする毅《たけし》と光瑠《ひかる》。

「九条《くじょう》さん、遅くなってしまいましたが……あの爆竹騒ぎの時、声掛けしてくださってありがとうございました。わたしも少しパニックになりかけていたのですが、すごく頼もしかったです」

「そう？　それなら……よかったわ」

「九条さんのエルフコス、もう一回見たいなぁ……」

「あ、あれは……あの時限定、だから……」

「え～もったいない」

「バンド衣装もすっごいかっこよかったよね！　遠目だったけど……あれってどこで買っ

たの？」

「あれは乃々亜《ののあ》さんのプロデュースだったから、私はちょっと分からなくて……」

憧れと親しみが混じった視線の中で、少しぎこちない笑みを浮かべるアリサ。

その光景を眺めている内に二時限目の教師が入って来て、集まっていた生徒達は渋々席に戻っていく。それと同時に、アリサも席に戻って来た。

「お疲れ」

アリサに少し疲れのにじむ笑みを向けると、アリサは少し動揺した様子で目を泳がせながら頷《うなず》く。

「……あなたもね」

小さな声でそう言ったっきり、椅子に座って前を向くアリサに、政近は少し苦笑した。

（あぁ……こりゃ、後夜祭のことを引きずってんな。ま、学園祭テンションでだいぶ……アレだったしな）

そう考えて、政近も当時の光景を思い出しかけて慌てて頭を振る。そうして、雑念を振り払って授業に臨もうと……するが、授業中も相変わらず周囲から意識が向けられていて、これまたなんとも落ち着かない気分にさせられる。

（うぅ〜ん、学園祭を通じて俺ら二人の知名度が上がったのはいいけど……これは、思ったより気疲れするな……）

選挙戦のことだけを考えるなら、今の状況は願ったり叶《かな》ったりだ。元々、アリサにバンドをやるよう勧めたのは、アリサのイメージ改革と社交性強化が主な理由。実際、学園祭を経てアリサに向けられる視線は変わった。以前は遠巻きに眺められるだけだった孤高の存在が、今では少しでもお近付きになりたいと願う人々に囲まれるようになったのだ。そしてアリサもまた、少し戸惑いながらもそれに応じる姿勢を見せている。

（結果だけ見れば大成功……なんだけど、誤算は俺にも注目が集まっちゃったことなんだよなぁ）

むしろ、今は政近の方が話題をさらっている感すらある。決して悪い意味ではないので、これも選挙戦の上ではいいことなのだが……やはり、落ち着かない。

（ま、今朝の朝礼で一時的に話題性が上がってるだけだろ。さっきの俺の説明が広まれば、それも落ち着くはず……）

な～んて、軽く考えていたのが間違いだった。

「なあ、九条さんに投げつけられた爆竹を、飛び蹴りで蹴り落としたってマジ？」

「久世君ってピアノがとてもお上手だったのですね。どちらで習っていらしたの？」

「結局、学園祭に乱入してきた奴らってどうなったか知ってる？」

「それよりクイズ対決の時の話が聞きたいんだけど！」

休み時間の度に、押しかけてくる人、人、人。向けられる羨望に称賛。おかげで休み時間なのに全く気が休まることがなく、ようやく昼休みになった頃には、

「あぁぁぁぁ～～～～～」

政近は他に誰もいない生徒会室にて、見事に死んでいた。

「う～～～、んぅ～～～っ」

ソファの上でうつ伏せになり、うごうごと身をよじらせながらくぐもった奇声を上げている政近。どこに出しても恥ずかしい、立派な危ない人である。

室内に自分一人しかいないのをいいことに思う存分身悶《みもだ》えていた政近は、不意にパタッと動きを止めると呟いた。

「……はしゃぎ過ぎた」

口から漏れたのは、後悔と羞恥に塗れた一言。

周囲からさも武勇伝かのように語られる、秋嶺祭における自分の行動。それら全てが、政近にとっては既に半分黒歴史と化していたのだ。気分としては「見ないで。噂しないで。お願いだから放っておいて」といった感じである。

（ステージ上で爆竹を飛び蹴りで迎撃。不良相手に顔面パンチ。おまけに……）

脳裏にまざまざと蘇《よみがえ》る、雄翔とのやりとり。雄翔の芝居がかった態度に釣られるように、余裕たっぷりにくわっこいー強キャラムーブをかました自分自身――

「おブォッうっ！」

瞬間的に羞恥心が爆発し、政近はバウンと腰を跳ねさせる。そして、そのままグネグネうごうごと激しく悶絶《もんぜつ》。

（う、ぐ、おぉおぉおぉお………死ぬ。マジで、死ぬぅうぅう）

不幸中の幸いは、校庭と講堂それぞれのステージ上の出来事を除けば、それ以外のことに関しては目撃者が少ないことか。

雄翔に対してやった恥っずかし～強キャラムーブは、雄翔以外の人には知られていない。雄翔が他の誰かに話すとは思えないので、個人的に一番の黒歴史であるあのやりとりに関しては、もう誰にも知られることはないだろう。

不良を正拳突きでノックアウトした件はそれなりに目撃者がいたが、その後の乃々亜のオトモダチ達が行った蹂躙《じゅうりん》劇の方がよっぽどインパクトが大きかったせいか、特に噂にはなっていないようだ。政近に関して主に噂されているのは、爆竹キックとピアノ対決の件だった。この二つに関しては、政近としても特に恥じることはなかったのだが……その話をされると、どうしたってその前後にあった自分のくわっこいい言動が連想されてしまう。

(いや、分かってるよ？　誰も痛々しいとは思ってないし、そもそもそこまで知られてないってことは。分かってるけどさぁぁぁ～～～イギギギ)

政近は同時期に良いことと悪いことがあった場合、悪いことの方で印象を上塗りされてしまうタイプである。以前にも、まーちゃんとの思い出を悲しい別れだけを切り取って、悪い記憶として処理してしまったように。今回に関しても、それと全く同じ事態に見舞われていた。

(うぐぅ……そう考えると、白鳥《しらとり》相手にやったあれこれや、アーリャにやったサプライズまで痛々しく思えてきた)

一度そうなってしまうと、もう完全に負の連鎖である。脳裏に浮かぶ、奈央《なお》の泣き顔。そして、アリサの小悪魔的な笑みと魅惑の谷――

「ふバゥッ!!」

大変けしからん記憶が蘇り、政近はまたしてもバウンと腰を跳ねさせた。それでも、政近の意思に反して、脳に強烈に刻み込まれた記憶は連鎖的に自動再生されてしまう。腕の中に抱き締めた、アリサの体の柔らかな感触。心を持って行かれそうなほど蠱惑的《こわくてき》な笑みと共に見せつけられた、たゆたゆと揺れる――

「んぅンッ!!」

ソファに額を叩《たた》きつけ、政近は強制的に脳内をホワイトアウトさせる。しかしそうしたところで、五感に刻まれた当時の記憶はなかなか消えない。

(ンやぁだってアーリャめちゃくちゃキレイだったしいい匂いしたしお、おっぱいめっちゃ押し付けられたし！　でもすごい難しい顔してたのがなんか超ご機嫌になってて下心出してる自分が居た堪《たま》れないというかでもおっぱいすごかったしめっちゃしなだれかかってくるしってかアーリャ気付いてなかったっぽいけど服引っ張った時チラッとぬおぉぉぉぉお！)

そうしてしばし、先程とは別の意味で身悶えてから、ぽつりと脳内で呟いた。

(ハァ……あの状況で理性を保ったことを、誰かに褒めて欲しいよ……)

『オレが褒めてやろうか？』

脳内にひょっこり顔を出した小悪魔有希《ゆき》を、間髪容《い》れずに叩《たた》き落とす。すると悪魔は煙となって消える。そしてすぐに煙が集まって復活する。

『悪魔は死な～ない～♪』

（うぜ～）

（帰れアホ悪魔）

ケタケタ笑いながら去って行く悪魔にイラッとしながら、政近は深々と溜息《ためいき》を吐いて脱力した。

衝撃的な記憶でなんとか負のスパイラルからは抜け出せたが、だからと言って状況は何も変わっていない。ここから出れば、また道行く生徒に好奇心に満ちた視線を浴びせられることだろう。そう考えると、またしてもズーンと気分が落ち込んだ。

（あぁ……今、改めて分かったわ。俺、そもそも注目浴びることが苦手なんだ）

薄々気付いてはいたが、中等部時代に陰の副会長なんてものをやっていた根本原因は、そこにあるのだろう。自分のことをロクでもない人間だと思っているからこそ、注目されるとその本性を見抜かれる気がして居た堪れなくなる。だからこそ注目を集めないよう、裏でコソコソ立ち回って表に出ないようにしていた……

（アーリャを隣で支えるって誓った以上、こういったことにも慣れないといけないいんだけど……）

今度の選挙戦では、政近自身も表に立つ覚悟を決めていた。元より生徒会長としての資質を十全に備えていた有希と違って、アリサには隣で支えてくれる人が必要だから……

——本当にそうか？

自分の考えに、疑問の声が割り込む。脳裏に浮かぶのは、ここ最近アリサが見せた成長著しい勇姿の数々。

クイズ対決で見せた、一人で立とうとする誇り高い姿。バンドリーダーとして、仲間達に認められていた姿。爆竹騒動を鎮めるべく、ステージ上でリーダーシップを発揮していた姿。そして……先程、押しかけてくる人達に、ぎこちなくも笑顔で対応していた姿。

それらを思い出して、政近の中でひとつの予感が膨らむ。それは、学園祭の時にも直感したこと。即ち——

(アーリャが俺を必要としなくなる日は、思ったより近いのかもしれないな……)

少なくとも以前のように、隣で事あるごとにフォローする必要はもうないのかもしれない。アリサの成長速度は政近の想像を超えている。むしろ過保護にしているせいで、アリサの交友関係を狭めているのではないか——

「って、自分に言い訳して職務放棄するのはただのクズか」

そう声に出して自分に言い聞かせると、政近は勢いをつけて起き上がった。ソファに深く腰掛け直し、部屋の時計を見れば、昼休みも半分が過ぎようとしている。

「あ～」

今日は弁当を持って来ていないので、お昼ご飯を食べるなら学食に行くか購買に行くかしないといけない。しかし、また人に囲まれる可能性を考えると、どうにも腰が重たかった。

（……あんまお腹《なか》減ってないし、昼は抜いてもいいかな……どっちにしろ、今から行ってもギリギリだろうし）

ぬぼ──っとしながらそんな風に考えていると、突然ガチャリと生徒会室の扉が開く。それに特に驚くこともなく、気のない表情で入り口を見て……扉を開けたマリヤと目が合った。途端、マリヤがニコーッと輝くような笑みを浮かべる。

（うわぁいい笑顔）

思わず目を細めていると、トトトトトッと近付いてきたマリヤが手に持っていた書類を机の上に置き、ソファに座る政近を慈愛に満ちた目で見下ろした。

「悩めるさーくんはこちらですか？」

「リアル聖母かな？」

なんかシスターみたいなことを言い始めたマリヤに棒読みでツッコむと、マリヤは政近の隣に腰掛け、無言で両腕を広げる。刹那、政近の脳裏に蘇る鮮烈な記憶《母性の暴力》。

「……いや、そんなポーズ取られても行きませんし、来させませんよ？」

警戒感も露《あら》わに胸の前に両手を立てて、マリヤを牽制《けんせい》する政近だったが……それに対して、マリヤはへにょっと眉を下げた。

「……久世くんは、わたしとチークキスするのイヤ？」

「え？　あ、ああ、チークキスか……チークキスね」

マリヤの悲しげな表情に罪悪感を刺激されると共に、変に勘違いしてしまった羞恥も相まって、政近は気まずい表情で手を下ろす。後ろめたさからマリヤの顔を直視できず、視線を逸《そ》らし──た途端、マリヤが動いた。

「へ？」

首と頭にしゅるりと腕が巻き付いた……と思ったらグンッと引っ張られ、目の前にマリヤの制服のリボン。

「⁉⁉」

「よしよし、何があったの？」

頭上から優しい問い掛けが降ってくるが、それに答える余裕はない。

（チークキスってゆったじゃん！　チークキスってゆったジャン！　嘘吐《つ》きぃ‼）

頭の中で抗議する政近だったが、それを口に出すことは出来なかった。なぜなら鼻から下が漏れなくやわらかいものに埋まっているから。声を出すことはおろか、呼吸することすら出来ない。いや、別に物理的に呼吸が出来ないわけではないが、心理的に出来ない。だって、この状況で鼻から息吸ったら匂い嗅いでるみたいで変態っぽいし。吐いたら吐いたで、女性に至近距離で荒い鼻息を浴びせるとか変態そのものだし。じゃあ口呼吸で……ってそれはそれで吸いついてるみたいでやっぱり変態で……つまるところ、

（この状況で、ど～やって息すればええの……？　皮膚呼吸か？　皮膚呼吸すればええの

んか？）

と、いうことだ。

その危機的状況を伝えようとマリヤの肩をタップするが、拘束が緩む気配はない。そうしている間に、脳に酸素が回らなくなってきて――

（こんなに何度もタップタップしてるのに……そりゃそうか、だってマーシャさんのお胸もたっぷたっぷであぁなるほど、これが死と隣り合わせで死合《しあ》わせ《せ》っていう――）

そのまま意識がスゥッと遠ざかり――

「はい、じゃあ次はこの春巻きね。あ～ん」

「あ～……んっ」

「おいしい？」

「……っ、美味《おい》しいです」

気付けば政近は、マリヤにお弁当を食べさせられていた。しかも〝あ～ん〟で。

「なんで⁇」

「え？」

「あれ？　ん？　どうしてこうなった⁇」

「どうしてって……久世くん、お腹空いてたみたいだからお弁当分けてあげるね～って。お箸がこれしかないから、食べさせてあげるねって」

「……俺、了承しましたっけ？」

「ちゃんと頷いてたわよ？」

「マジかよ……」

なかなか信じがたい。だがしかし、現に政近は、つい先程まで無抵抗でマリヤに〝あ～ん〟されていた。しかも見れば、マリヤのお弁当箱は既に半分くらいが空になっている。

（これは……どういうことだ？　記憶が飛んでる……まさかマーシャさんのあふれるバブみに、一時的に幼児退行してたのか？　母性の暴力怖っ）

と、戦慄している間にも、

「はい、あ～ん」

箸を差し出されれば勝手に開く口。もぐもぐごっくん。

「おいしい？」

「美味しいです」

完璧に訓練されていた。

「じゃなくてぇ！」

「きゃっ、どうしたの？」

「どうしたのか自分でも分からないんですよ……」

がっくりと項垂《うなだ》れる政近に、マリヤは数度瞬《まばた》きをしてから訳知り顔で頷《うなず》く。

「哲学ね」

「驚愕《きょうがく》です」

「たしかにうちは共学だけど……」

「そっちじゃない」

「……日本語って難しいわよね」

「語学の問題でもないんだけど……」

「はい、あ～ん」

「考えるのめんどくさくなりました？」

若干ジト目でツッコむも、お構いなしに箸を突っ込まれる。もぐもぐごっくん。

「おいしい？」

「美味しいです……けど、あの、もう十分なんで」

「え～なんで？　男の子なんだから、もっとしっかり食べないと」

「いや、マーシャさんの分がなくなっちゃうじゃないですか」

「んん～？　い～の。わたしはこうしてるだけでぇ、幸せいっぱいお腹いっぱいだから」

その言葉通りニコーッと無邪気に笑うマリヤに、政近は思わずパッと顔を背けた。

(よ、よくもまあそんなこっぱずかしいことを……)

全身がむず痒《がゆ》くなる感覚に、政近は肩を縮めながら腕をさする。そこへ、なおも突き出される お箸。

「はい、あ～ん」

「いや、もう本当に十分ですから……俺も別の意味でお腹いっぱいなんで」

「え～？　そ～お？　なんだか遠慮してない？」

「いや全然。どうもごちそうさまでした。残りはどうぞマーシャさんの方で」

突き出される箸の前に手を立てて固辞すると、マリヤは少し不満そうな顔で箸を引っ込めた。そして、ふと何かを思い付いた様子でぱちぱち瞬きをすると、にっこり笑って弁当箱を政近へ差し出す。

「それじゃあお返しに、今度は久世くんが食べさせて？」

「はい？」

「ご飯のお礼にぃ、今度は久世くんがあ～んで食べさせて？」

そう言って政近の膝の上に弁当箱と箸を置くと、マリヤは政近に向かって上体を屈《かが》め、目を閉じて小さく口を開いた。

「はい、あ～ん」

「う、ぇ？　ま、マジ？」

「あ～ん」

戸惑う政近を気にも留めず、マリヤは待ちの姿勢を維持し続ける。

（いや、そんなお互いに〝あ～ん〟し合うとかバカップルみたいな……というか、現時点で思いっ切り間接キスしてるんだが⁉）

そう思いつつ、政近は目を閉じたマリヤの顔を間近に見て、ゴクンと唾を呑《の》み込んだ。伏せられた長い睫毛《まつげ》。ぷにぷにと柔らかそうな頰《ほほ》。幼さと大人っぽさが同居する優しげな美貌。

「ん？」

「！」

そこでマリヤが窺《うかが》うようにパチッと目を開け、政近は少しのけ反る。

遠目にはライトブラウンに見えていたマリヤの瞳は、間近に見ると緑や青の色彩が交じった複雑な輝きを宿していた。その瞳に見つめられると、政近の胸は妙にざわつく。

「っ」

こちらを見る視線から逃れるように、政近はパッと目についたミニトマトを箸で摑《つか》むと、左手を手皿にしてマリヤへ差し出した。

「あ、あ～ん」

「あ～ん」

ぎこちなく差し出したミニトマトを、マリヤが咥《くわ》え——ようとした瞬間。

「あっ」

ミニトマトはツルッと箸とマリヤの唇の間からこぼれ落ち、政近の左手の上に落下した。

そのままソファの上に転がり落ちそうになるミニトマトを、政近はとっさに手を丸めることで止める。と、その手を下からマリヤが持ち上げ、そこへ自身の口元を埋めた。

「いっ⁉」

政近の手の上に落ちたミニトマトをマリヤが咥え上げ、その弾みに手のひらに唇が触れる。

　ほんの一瞬。気のせいと言われればそれまでの感触に、しかし政近の背筋にゾクゾクッとしたものが走った。そんな政近の反応に気付いているのかいないのか、マリヤはミニトマトを咀嚼《そしゃく》しながら照れ笑いを浮かべる。

「んふふっ、少しお行儀悪かったわね」

　口の中のものを呑み込んでからそうはにかむマリヤに、政近は無言で箸と弁当箱を押し付けた。

「あの、残りは自分でどうぞ」

「えぇ～なんで？」

「いやぁもう勘弁してください」

　そう言って首を振る政近を見て何かを察したのか、マリヤはそれ以上何も言わずに箸と弁当箱を受け取ると、前を向いて座り直す。マリヤの視線が自分から外れ、政近は密《ひそ》かに胸を撫《な》で下ろ――

「……あの」

「な～に？」

「……なんか、近くないです？」

　形だけ疑問形で尋ねたが、実際疑いの余地なく近かった。腕や脚が触れ合ってるもの。

「久世くんがなんだか落ち込んでるみたいだから、スキンシップで落ち着かせてあげようが。

「いやぁ落ち着かないかなぁ」

むしろ、気になって仕方がない。おかげで落ち込んでいる暇がないと言えばそうなのだが。

「……ドキドキしちゃう？」

「う、いや、まあ……」

内心「なんでこういう時は鋭いんだ」と思いながら、政近は視線を逸らす。すると、見定めるような顔をしていたマリヤがへにゃっと破顔した。

「そっかぁ、よかった。わたしも、とってもドキドキしてたから」

「え、ええ～？　本当に？」

思わず懐疑的な声を上げると、マリヤは子供っぽくむっと唇を尖《とが》らせる。

「ホントよぉ……確かめてみる？」

「え」

確かめてみる……とは。ドキドキしているかを、確かめる。……とは？

「ど、どうやって？」

気付けば、そう口走っていた。直後、期待と後悔が同時に湧き上がってきて、政近は頭を抱えたくなる。だが、一度口から放たれた言葉は消えず。落ち着かない気持ちで目を逸らす政近の前で——マリヤはくるりと背を向けた。

「?」

「どうぞ?」

「⁇」

「心臓の音、聴いてみて?」

「…………あ～」

数秒固まって、政近は理解した。

(なるほどね? マーシャさんくらいになると、前から聴くより後ろから聴く方が聴きやすいんだねぇ……アッハッハッハ)

脳内で虚《うつ》ろな笑い声を上げ、政近はそのまま真横に倒れ込んだ。ソファの肘置きを枕に、ソファの上で膝を抱え込んで体を丸める。

(死にたい……)

一体、ナニを期待していたのか。自分の節操のない下心に、自分で死にそうだった。

「久世くん? え、どうしたの? 食べてすぐ寝たら…………えっと、家畜? 家畜になっちゃうのよ?」

「家畜て」

「え、えへへ、豚さんと牛さん、どっちだったかなぁって」

「……一般的には牛ですね」

「そうだった? じゃあ牛さん! 牛さんになって、わたしに飼われちゃうのよ?」

「なんで急にドS女王様？　いや、女王様ならむしろ豚か……」

「？　女王様なら猫じゃない？」

「たぶん、何か別のものと勘違いしてますよね」

そう言いつつも、じゃあなんで女王様だと豚なのかと問われたら返答に困るので、政近もそれ以上は追及せずに体を起こした。そして、ソファに深く身を預けて再びぬぼーっとしていると、食事を終えたマリヤが不意に尋ねる。

「それで？　結局久世くんは、何に落ち込んでたの？」

「！」

突然の核心に切り込む質問に、政近は一瞬体を硬くし……すぐに脱力すると、諦め気味に答えた。

「別に……つくづく、俺は敵役だなぁって思っただけです」

若干投げやりっぽく言ってから、流石に説明不足だなと思い直して補足する。

「才能に溢《あふ》れて……主人公の努力を嘲笑《あざわら》う敵役、ね。さしたる努力もせず、特に情熱もなく、それでも結果だけは残す嫌われ役ですよ」

「……討論会のこと？」

「まあ、それも含めて……ですかね」

「でも……久世くんだって、努力はしていたでしょう？　昔、たくさんお話ししてくれたじゃない。わたし、よく覚えているわ」

「！」

まーちゃんとの思い出に触れられ、政近は一瞬真顔になり……しかしすぐに皮肉っぽい笑みを浮かべた。

「まあ、親に好かれようという努力はしてましたかね」

「……」

「俺にとっては、ピアノも空手も勉強も、全てそのための手段だったんですよ。別に好きでやってたわけでもないし、全身全霊で取り組んだことなんて一度もない」

ただ先生に教えられた通りに、黙々と練習をこなしていただけ。

「何に悩み苦しむこともなく、才能だけで結果を出して……何も知らない有象無象に称賛されて、どう喜べと？」

そう毒を吐いて、政近はすぐに後悔した。分かっている。周りの人間に悪意など全くないことは。それを素直に受け取れないのは政近側の問題で、今のは八つ当たりでしかない。

「悩み苦しむことが……努力なの？」

自責の念に苛《さいな》まれる政近の耳に、マリヤの静かな問い掛けが届く。それに少し眉をひそめつつ、政近は慎重に答えた。

「……まあ、本気の努力ってのはそういうものじゃないですか？　自分の弱さや至らなさに苦悩しながら、それでも歯を食いしばって前に進む。その姿が美しいんでしょう？」

「そう……久世くんはそう思うのね」

ゆっくりと頷いてから、マリヤは明るい声で言う。

「それなら、久世くんは一生懸命努力してるわね」

「……はい？」

予想外の言葉に、「また天然か？」と素で失礼なことを考える政近。しかし、マリヤは政近の懐疑的な視線を真っ向から受け止めて言った。

「だって、今こうして苦悩してるじゃない」

「！」

「いっぱい悩んで、苦しんで……それでも、前に進むんでしょう？　アーリャちゃんを支えるために。それは、久世くんの言う〝本当の努力〟じゃないの？」

とっさに否定しようとして、しかし言葉は出なかった。わずかに口を開いて固まる政近の体に、マリヤは両腕を回す。

「大丈夫。頑張ってる。久世くんは……一生懸命、努力しているわ」

それは、以前にもマリヤに掛けられた言葉。

「大丈夫。いつか、久世くんは自分のことを好きになれるから」

いつもと同じように、どこまでも優しく気遣いに満ちた言葉が、政近の胸にするりと入り込んだ。心が嘘のように軽くなり、「もしかしたら本当にそうなのかもしれない」という、いつになく楽観的な考えすら浮かんでくる。

「……そう、ですか」

囁《ささや》くようにそう言うと、マリヤはスッと体を離し、政近に微笑みかけた。その笑みに釣られるように、政近も微《かす》かに笑みを浮かべる。もっとも、マリヤに比べればかなり苦みが強い笑みだったが。

「なんか、すみません。ホント甘えてばっかりで」

「いいのよ？　この前も言ったけど、わたしは好きで久世くんのことを甘やかしてるんだから」

なんてことないように、マリヤはふわりと笑う。無垢《むく》で、無邪気で、まるで苦労知らずの少女のような笑み。しかし政近の目には、それは誰よりも強く頼もしい笑みに見えた。

「だから、わたしには弱さを隠さないで？　わたしには、好きなだけ甘えていいのよ？」

重く、真実の籠《こも》った言葉。少女のような笑みが、少しだけ大人びた雰囲気をまとう。

「アーリャちゃんがあなたの手を引くなら、わたしがあなたの背中を押してあげる。わたしが、そうしたいの」

その、マリヤの笑みが……なぜか、今までどうしてもイメージが繋《つな》がらなかったあの子の笑みと、不意に重なった。

瞬間、政近は胸の奥をぎゅうっと摑まれた心地がした。直後、心臓がドクドクと早鐘を打ち、マリヤの瞳から目を逸らせなくなる。

（あ、あれ？　なんだこれ。まさか……え、嘘だろ？）

頭で否定しようとも、心と体は真実を告げていた。これが、数カ月前にアリサに感じたものと……そして数年前、あの子に感じていたものと、同種のものである、と。

（いやいや、マジかオイ節操なさ過ぎでは？　いや、マーシャさん＝まーちゃんなんだから一途《いちず》とも言えるのか……？）

そこまで考え、自分が『マーシャさん＝まーちゃん』という図式を自然と受け入れていることに驚く。理由は分からない。だが、今この時になって、政近は初めてあの子と再会した気持ちになっていた。

目の前のマリヤは、記憶の中のあの子とは姿も雰囲気も全然違う。けれど……今の政近には、二人が別人のようには到底思えなくなっていた。

（う、あ……マジ、か）

胸の奥で、何か大きなものが膨らんでいく。その馴染《なじ》みのない感覚に、政近は本能的に恐怖を抱いた。

あの子への……まーちゃんへの想いは、ついこの前決着をつけたばかりだ。だから、もう彼女は過去の存在で、かつて彼女に向けていた想いが再燃することはない……と、思っていた。だが、違った。

別れがあるからこそ、再会がある。きちんと向き合って決着をつけたからこそ、思い出せることがある。

ずっと失ったと思っていた感情は、いざ蘇ってみれば、なんで分からなくなっていたのかが分からないほどに鮮烈で……

（うん、ごめん。初恋舐《な》めてたわ）

自分自身の感情に翻弄される政近の前で、マリヤは少し、笑みに悪戯《いたずら》っぽい色を混ぜる。

「でも、そうね～？　それでも久世くんが気にするって言うなら……お礼代わりに、チークキスをしてもらおうかしら？」

「エ？」

「今まで、久世くんの方からチークキスってしてくれたことないでしょ～？　だから、ね？」

そう言うや否や、マリヤは軽く両腕を開いた〝待ち〟の体勢になった。子供のようにわくわくと期待に目を輝かせるマリヤを前に、政近は頰《ほお》を引《ひ》き攣《つ》らせる。

（よ、よりによって今？　今、チークキスとかしたら……何かが溢れちゃいそうなんだけど!?）

この状況は大変よろしくない。この状況に身を任せたら、感情の整理をつける前に……この、今にも泣きたいような、叫びたいような、熱い何かに押し流され、とんでもないことをしでかしてしまいそうだった。

（だからといって、ここで逃げるのは……何か、なにかこう、上手《うま》く回避する方法は――）

内から押し寄せてくる感情の荒波の中、政近は必死に考え……つい先程の出来事を思い出した。

（！　あれだ！）

同時にこの場を切り抜ける妙案を思いついて、政近は真面目な顔を取り繕って言う。

「分かりました……チークキスですね？」

「うん」

「では」

大真面目に頷《うなず》くと、政近はソファから軽く腰を上げ……マリヤの頭に両腕を回すと、自分の胸にむぎゅーっと抱き締めた。

（あ、やばい。これはこれで……）

途端、喉の奥から「まーちゃん会いたかった！」という叫びが飛び出そうになり、政近は焦る。が、なんとかかんとかその衝動を抑え込むと、五秒ほどホールドしたところでパッと腕を離す。

「チークキスすると思いました？　ハハッ、さっきのお返しです、よ……」

そして、してやったりといった風な笑顔を作りながら、マリヤを見下ろし……その顔が耳まで真っ赤に染まっているのを視認して、ピシッと固まった。

先程までの期待に満ちた笑みはどこへやら、ストーンと感情が抜け落ちた表情。大きな茶色の目はまん丸に見開かれ、下の方を見つめながらしぱしぱと瞬《まばた》きを繰り返すのみ。そのくせ、その赤く染まった顔からは今にも湯気が立ちそう。

「え、っと……」

「！」

予想外の反応に、政近が笑みを固まらせたまま声を漏らすと、マリヤはビクッと体を跳ねさせる。

「あ、そ、えと」

そして、不明瞭な声を発しながら忙《せわ》しなく弁当箱を片付けると、それを手提げ袋に入れて立ち上がった。

「そ、それじゃ、わたし戻るわね？」

「あ、はい」

「うん、それじゃ」

あらぬ方向を見ながら同じことを二回言うと、マリヤはバタバタと廊下へ繋がる扉に向かう。そして、なぜかドアノブを回さないまま扉を押し開けようとして、当然の如くゴィンと弾かれた。

「アッ」

軽い体当たりを食らった扉が立てるガダンッという音に交じって、マリヤの軽い悲鳴が上がる。が、マリヤは何事もなかったかのように改めて扉を開けると、そそくさと生徒会室を出て行った。

その背を見送り、扉がバタンと音を立てて閉まってから……政近は再びソファの肘置きに顔を埋めると、思いっ切り叫んだ。

「なにその反応!?」

◇

（び、びっくりしたぁ……）

人気《ひとけ》のない廊下を、マリヤはふわふわとどこか浮ついた足取りで歩いていた。脳裏を埋め尽くすのは、先程政近に力いっぱい抱き締められた時の感覚。

鼻先と頰に感じた、硬く大きな胸板の感触。少し荒々しく抱き寄せられた、力強い両腕の感触。このまま力で押さえ込まれたら、絶対に抵抗できないと思わされる……はっきりとした異性の体。

（す、すごい……男の人だった）

そう頭の中で言葉にして、マリヤはますます熱が上がるのを感じる。

おかしな話だが、マリヤは今まで政近に、あまり〝男〟を感じたことはなかった。マリヤにとって、政近はさーくんの延長線上の存在だから。それ故、マリヤの中の恋慕の情も、幼きあの頃に抱いていた一途で純粋な想いのままだったのだ。

抱き締めるのも、チークキスをするのも、好きなのだから当然のこと。それはただの愛情表現で、そこに多少の恥ずかしさはあれど……恐れなど、あるはずがない。そう思っていた、のに。

「……」

先程政近に抱き締められて、マリヤは否応《いやおう》なくその先を予感した。自分では抗《あらが》えない力強さ、強引さを前に、マリヤの心臓は高鳴ると同時に怖気《おぞけ》に震えた。かつてないほどに政近の〝男〟を意識し……同時に、自分が〝女〟であることを自覚したのだ。

（や、やだ、なんだか、すごい恥ずかしい……）

今更になって、今までの自分の行動に羞恥が湧き上がってくる。

政近を胸に抱き締めた時も、図らずも下着姿を見られた時も、マリヤの主観ではあれらに性的な意味は何もなかった。だって、政近はさーくんだから。現に政近も顔を赤らめて恥ずかしがるだけで、それは昔さーくんに体をくっつけた時と何も変わっていなくて……

（でも……もしかしたら、違ったのかしら？　も、もしかして、こ、興奮とか？　し、してたのかしら？）

自分の体に、異性として興味を持たれていることは分かっていた。だが……不覚にも、欲望を向けられることは想定していなかった。

（で、でも、そうよね？　さーく……久世くんは、思春期の男の子なんだから？　女の子の体を触りたいっていうのはただの好奇心とかじゃなくってそういう意味で……）

なのに、今まで自分はそんなこと考えもせずに、まるで小さな子供にそうするように体をくっつけたりしてて……

「〜〜〜〜!!」

それらの行為が急にはしたないものに思われて、マリヤは階段の隅でしゃがみ込んだ。

胸中では、政近が見せた男としての一面にドキドキする気持ちと、さーくんが変わってしまったことにしょんぼりする気持ちが渦巻いている。

この時、政近とマリヤは同時に、されど正反対の事実に気付いていた。

「マーシャさんって……ホントに、まーちゃんだったんだな……」

「久世くんって……さーくんだけど、さーくんじゃなかったのね……」

数年の歳月を経て、今改めてスタート地点に立った二人は、十数メートルの距離を挟んで同時に呟いた。

「「今度会った時、どういう顔すれば……」」

そんな悩める二人から、更に数十メートル離れた場所で。

「ハッ！　今なんだか、お兄ちゃんがまた落ち込んでるような気がする！」

虫《小悪魔》の知らせをキャッチしたブラコンが、密《ひそ》かにアップを始めていた。

Иногда Аля внезапно кокетничает по-русски

第2話　こんな伏線回収はいらなかった

「それじゃあ、少し遅くなったけど……ライブ成功を祝して、乾杯っ」

「「「「「かんぱ〜い」」」」」

アリサの音頭に続いて、男女でテーブルの左右に分かれた六人は一斉にグラスを合わせる。放課後、政近《まさちか》を含むＦｏｒｔｉｔｕｄｅのメンバーは、カラオケで打ち上げをしていた。部屋の奥から、男性陣は政近、毅《たけし》、光瑠《ひかる》。女性陣は、アリサ、沙也加《さやか》、乃々亜《ののあ》の順。

未《いま》だ、政近とアリサはちょっとだけぎこちなく、グラスを打ち合わせる際も微妙にアリサが視線を逸《そ》らしてしまっていたが、他の四人は特に気にした様子もなく話し始める。

「いやぁなんかいろいろあったけど、最終的になんとかなってよかったな！」

「ホントにね……一時はどうなるかと思ったけど」

「光瑠君、お腹《なか》はもう大丈夫なの？」

「うん、大丈夫。ありがとう、アーリャさん」

学内に侵入してきた不良に殴られたお腹をさすりながら、光瑠は苦笑いを浮かべた。

「まったく、酷《ひど》い目に遭ったよ……不良に殴られるなんて、漫画の世界だけだと思ってたんだけどね」

「世の中、話の通じない人間はいますからね。もっとも、いきなり他校の生徒を殴るような蛮族じみた輩《やから》が、今の時代にいたことにはわたしも驚きましたが」

「ね～。日本ってもっと平和だと思ってたんだけど……ま、それも場所によるのかね～？」

（いや、お前が言うかね。初対面の相手にいきなり目潰し仕掛けたお前が）

乃々亜の言葉に内心でツッコミを入れつつ、政近は目を逸らす。他でもない政近自身も、乃々亜を助ける際に顔面パンチで不良の前歯をぶち折っているので、あまり人のことは言えなかったのだ。ついでに、そのことに関してはアリサには話していないしあまり知られたくもなかったので、政近はスルーして別のことに言及した。

「俺はむしろ、金やるからって言われて他校で暴れる奴がいたことにビックリだよ」

「ま～お金欲しさにパパ活する女子高生もいれば、闇バイトなんてものに手を出す学生もいるらしいしな～。世の中意外と『金もらえるならなんでもやる』って人間はいるんじゃね？」

「……たしかに、治安がいい環境にいたら分からないこともあるかもな」

サラッとパパ活とか言う毅に少し眉をひそめつつ、政近は話を変える。

「それで……結局、白鳥《しらとり》たちとは仲直り出来たのか？」

政近の問い掛けに、毅と光瑠は虚を衝《つ》かれた表情で顔を見合わせてから、少し苦みの混じった笑みを浮かべた。

「うん……まあ、なんとかね」

「流石に、完全に元通り……とはいかないけどな。まあでも、また今度一緒に遊ぶ約束はしたよ」

「そうか、よかったな」

そう言って頷いたきり、政近は何も尋ねずに話を切り上げる。政近としては、彼らの関係にこれ以上深入りするつもりも、自分が関係修復に一役買ったことを明かすつもりも、特になかった。学園祭後にタイミングを見て、奈央《なお》には言い過ぎたことを直接謝罪したが、その時もルミナズがどうなったのかを訊《き》いたりはしていない。

(これ以上、変に首を突っ込むのもよくないだろうしな……ま、毅と光瑠の憂いが晴れたんならそれでいいさ)

そんなことを考えながら山盛りのフライドポテトをつまんでいると、意外にも乃々亜がその話に食いつく。

「じゃ～あれ？　ルミナズ？　は、復活すんの？」

「え、まあ……そうなる、かな」

「ボーカルが転校しちゃってるから、代わりのボーカルは探さないといけないだろうけどね……」

「そっか～」

乃々亜が興味があるのかないのかよく分からない相槌《あいづち》を打つと、毅がチラッとアリサに視線を送り、躊躇《ためら》いがちに口を開いた。

「ちなみに、なんスけど……アーリャさんが、引き続きボーカルをやってくれたりは……アリっすかね？」

「えっ、それは……」

すっごく遠慮気味に投げられた打診に、アリサは視線を揺らす。その気持ちは、政近にはよく分かった。

元よりFortitudeは秋嶺祭《しゅうれいさい》までの期間限定のバンドであり、アリサは言ってしまえばレギュラーではなくピンチヒッターだ。それを突然、一人だけ続投してくれと頼まれては困ってしまうだろう。他のメンバーが関係修復中という、微妙な状態となれば尚《なお》の事。

「……今年の生徒会は、人数少ないせいで忙しいからな。唯一兼部してるのは更科《さらしな》先輩だけど、あれは更科先輩のスタミナがあってのことだし……少し難しいんじゃないか？」

アリサの困惑を察して政近が助け船を出すと、毅はすぐにバツが悪そうな顔で苦笑した。

「やっぱそうだよな。ごめん、アーリャさん。アーリャさんのボーカルがすっげぇよかったんで、つい」

「あ、ううん。その、ごめんね？」

アリサも少し申し訳なさそうな顔になり、ちょっと空気が重くなったところで……場違いにあっけらかんとした声が上がる。

「じゃ〜アタシが参加するってのはアリ？　アタシ、ボーカルやってみたい」

「「え⁉」」

　ひらりと手を挙げたのは乃々亜。その予想外の立候補に、毅のみならず光瑠も目を見開いた。

「乃々亜さん……いいの？」

「ん〜？　アタシはさやっちゃアリッサみたいに委員会やってないし、帰宅部だし〜？特に問題ないけど？」

「ああいや、それもそうなんだけど……その、毅はああ言ったけどさ。一人だけ後から加入って、気まずくないかなぁって」

「え、全然？　アタシそういうの気にしないし」

　平然と言う乃々亜に、光瑠と毅は顔を見合わせる。そして、代表して毅がおずおずと言った。

「乃々亜さんがいいなら……そりゃオレ達としては是非。まあ、他の二人にも訊かないといけないけど……」

「りょ〜。じゃ、決まったら教えてね〜。あ、そだ。せっかくだしアタシの歌唱力を披露しとこっか」

　あくまでマイペースに、乃々亜はデンモクを手に取ると曲を入れる。それは、ルミナズが演奏していたコピー曲のリストにあった曲のひとつだった。

乃々亜がマイク音量を調整しつつ、立ち上がる。それに合わせてソファに座った沙也加がスッとタンバリンを構える。

（ん？　タンバリン？）

政近がそちらに真顔を向け——た直後、圧巻のパフォーマンスが始まった。

普段の気だるげな様子はどこへやら、パワフルな歌声で紡がれるゴリゴリのロックナンバー。謎に真顔のまま、高速で繰り出されるキレッキレのタンバリン芸。四人の視線が乃々亜と沙也加の間を行ったり来たり。

そうして曲が終わると、室内には自然と拍手が沸き上がった。

「お、おぉ～乃々亜さんかっけぇ～」

「うん……アーリャさんとはまた全然違う感じだったけど、歌上手いね」

「ど～もど～も」

毅と光瑠が純粋な称賛を送る中、政近は半笑いでツッコミを入れる。

「……って、いやいやいやすごいけども。え、なにその歌唱力。なにそのタンバリン芸。今になって謎の特技出してくんな。ラスボス倒した後に手に入る最強装備かお前らは」

政近の苦笑気味のツッコミに、沙也加は眼鏡を押し上げながら淡々と答える。

「なに、と言われましても……わたしは歌える曲が少ないので、カラオケで歌わずとも場を乱さずに済むよう習得した技術ですが」

「そうか、ごめんな」

　察しのいい政近は、実際には歌える曲が少ないのではなく、歌えるジャンルがオタク方面に偏っているのだと正確に理解した。

「わざわざ言うことでもなかったし」

「お前はそういう奴だよな」

　察しのいい政近は、その言葉に伏せられた「言うのも面倒だったし」という本音を正確に理解した。

「ま、でもとりあえず合格？」

　マイクを下ろしてそう尋ねる乃々亜に、毅と光瑠は即座に頷《うなず》く。

「おお、満点合格だ！」

「うん、文句のつけようがないよ」

「いぇ〜い」

　半眼のままぬるっと拳を上げた、棒読み気味の歓声。一見、本気で喜んでいるのか非常に疑わしい仕草だったが、政近はなんとなく、乃々亜が喜んでいるのだと察した。

「……それにしても意外だな。乃々亜がそこまでバンドにハマるなんて」

「ん〜〜？　そぉ？」

　政近が正直な感想をぶつけると、そこへ沙也加も同意の声を上げる。

「そうですね。わたしも正直意外でした。乃々亜がライブにあそこまで前向きだとは……

メイド喫茶の接客中にも、ライブの宣伝をしていたみたいですし？」

「え、そうだったのか？」

「えぇ～宣伝なんてしてないけど～？　特別賞狙ってるクラスの出し物中に、そんな公私混同はしないし～」

沙也加の言葉を手をひらひらと振って否定してから、乃々亜はついっと視線を宙に飛ばす。

「アタシはただ……『どの時間ならいるの？』って訊かれたから、『この時間は校庭でライブやってるから確実にいないよ～』って答えただけだし」

「……なるほど」

「ハハ、それならたしかに……宣伝ではない、かな？」

「いや、でもそれ、ステマってやつじゃね？」

「それは少し違うと思うけれど……」

あっけらかんと言い放つ乃々亜に、沙也加以外の四人は微妙な笑みを浮かべてしまう。

沙也加はというと、諦めの表情で軽く息を吐くだけだった。

「というか、公私混同って言うならお前最初からでは？　沙也加と一緒に出し物したくてごねたって聞いたぞ？」

「ごねてなんかないし。アタシはちょろっと『さやっちと一緒にやりたいなぁ～』って言っただけで、後は周りが勝手にやっただけだし」

「D組がどれだけお前を中心に回っているのかよ〜く分かったよ」

もっとも、公私混同と言うならどこぞのメイドさんもぬるっと主のクラスの出し物を手伝っていたので、政近もそれ以上なんとも言えなかった。

（あまりにも自然に溶け込んでたからあの時はスルーしちゃったけど、冷静に考えれば綾《あや》乃《の》ってC組だし……）

昨日ハタとそのことに気付いて有希《ゆき》に確認したところ、一応主が外回りしている間の代役という扱いだったらしい。なんという交ざるな自然。

「毅君と光瑠君は、沙也加さんたちのメイド喫茶に行ったの？」

「ま、まあ……ライブ終わった後に、ちょっと様子を見に？」

「その時には乃々亜さんはいなかったけどね」

「あ、行ったんだ……もしかして、引いた？　あのくじ」

数多くの男子を沼に落としていたチェキ権くじを思い出し、政近がニヤッと笑って問い掛けると、毅がスッと目を逸らす。その気まずそうな反応に、政近はしぱしぱと瞬《まばた》きをした。

「え、マジで？」

「引いてましたね、三回」

「マジで!?」

沙也加の暴露に、政近はぎょっと目を剝《む》く。すると、毅が「あ、いや、まあ、それは

「……」とか不明瞭な言葉を連ねるが、そこへ更に沙也加が溜息《ためいき》交じりに続ける。

「それで、三回目で当たりを引いたと思ったら……よりにもよってわたしを指名したので、何事かと思いました」

「い、いやぁ～記念に？　沙也加さんのあんな格好珍しいだろうなぁと思って？」

沙也加の言葉に、毅は少し早口におどけてみせるが……政近はその姿に、なんだか違和感を覚えた。

（んん～？　ただの照れ隠しにしては、なんか……）

内心首を傾げる政近だったが、アリサは特に何も感じなかった様子で頷く。

「そうね、たしかに沙也加さんのあの服装は新鮮だったわ。……政近君は、乃々亜さんの方がよかったみたいだけど」

「いや、あれは沙也加に半ば強制されたせいだからな？」

「あれ？　もしかして政近は、乃々亜さんとチェキを撮ったの？」

「あ～まあ一応？　そうだ沙也加、結局あの時俺が引いたくじには、何か細工をしてたのか？」

政近がとっさに話を逸らすと、沙也加は何食わぬ顔で言った。

「さあ？　忘れてしまいました」

「オイ」

「？　何かあったの？」

「いや……あまりにもいいタイミングで俺が当たりを引いたから、ちょっとな」

「あれ？　あのくじってそんなに当たりの確率低かったの？　毅は三回目で当たってたけど……」

「それは……」

「俺が見た限りでも、七回以上連続で外してるのが四人くらいいたが？」

男子三人の視線が、沙也加に集中する。だが、沙也加は軽く肩を竦《すく》めるのみ。

「学祭実行委員会からは何も指導が入っていません。それが全てです」

「言い方が完全にやってる人のそれなんよ」

政近がジト目を向ける中、アリサがふと思い出した様子で口を開く。

「そう言えば、あの騒動で何か被害はなかったの？　D組の教室に不良の集団が侵入したって聞いたけど……」

「特に、大したことは。クラスの女の子が嫌な思いをしたくらいでしょうか。それも、副委員長がフォローしてくれたようですし」

「副委員長……？　ああ、桐生院《きりゅういん》……ヴァイオレット先輩ね」

慣れない様子で菫《すみれ》の本名を口にするアリサに、政近がキリッとした顔で言った。

「違うぞアーリャ。ヴァイオレットじゃなく、バイオレット先輩だ。発音よく呼んでしまうと、敬意と共によそよそしさが出てしまう。親しみを込めて、バイオレット先輩と呼ぶんだ」

「親しみというか、若干のいじりを含んでない？　政近の場合」

「お前ってけっこー怖いもの知らずだよな」

真面目腐った顔でアホなことを言う政近に、親友二人からの呆《あき》れた視線が突き刺さる。

実際のところ、学園内での菫の評価は、十二分に〝高嶺《たかね》の花〟と称されてしかるべきものだった。家柄、容姿、人望、全てを兼ね備えており、本人が「わたくしがお姉様と並び称されるなんて畏れ多いことですわ！」と宣言していなければ、二年生の二大美女は三大美女となっていたことだろう。

そんな、多くの尊敬と羨望を集める先輩を、堂々といじる後輩《政近》。毅や光瑠が呆れるのも無理からぬことだったが、当の政近は涼しい顔だった。

「それもまたバイオレット先輩の人徳だよな」

「物は言いようだよね……」

心底呆れた様子で溜息を吐いてから、光瑠はふと何かを思い出した様子で沙也加に尋ねる。

「そう言えば、結局風紀委員長は桐生院先輩が引き継ぐことになったの？　加地《かじ》先輩は、学園祭の警備責任を取って辞任したんだよね？」

光瑠の言葉に、政近はピクッと眉を跳ね上げた。

加地泰貴《たいき》、元中等部生徒会長であり、政近にとっても特に仲がいい先輩の一人だった。

学園祭では、雄翔《ゆうしょう》にそそのかされる形で部外者の侵入に手を貸してしまったが……その件に関しては表沙汰になっておらず、泰貴は表向き「部外者の侵入を防げなかった責任を取って辞任」ということになっていた。

　泰貴が侵入を手引きしたという決定的証拠がなかったのもあるが、実のところこれは有希の意向が大きい。泰貴本人は自らの罪を明かし、償うことを望んだのだが……有希がそれに待ったを掛けたのだ。それに関しては、学園祭後に有希本人の口から電話で事情を明かされていた。

『いや、ぶっちゃけ会ちょ……加地先輩に失脚されたら、あたしが何も得るものがないし。あたしへの借りを返す気があるなら、警備をゆるめた件に関しては口を噤《つぐ》んで、あたしの選挙戦に協力しろって言ったんだよ』

　仮にも、対立候補相手に堂々と話す内容ではなかったが……結局、政近も有希の意向を汲《く》んで、このことに関しては胸に納めておくことにした。無論やろうと思えば、討論会の賭けを盾にして、雄翔に協力者に関して証言させることも出来ただろう。純粋に選挙戦のことだけを考えるなら、そうやって泰貴も雄翔の道連れにすべきだった。

　それでもそうしなかったのは、政近にとっても泰貴が大切な先輩だったからに他ならない。

（選挙で負けた先輩にずっとどういう態度で接すればいいか分からなくて、結果的に距離を取ってしまった俺も悪かったしな……ただでさえ会長に番狂わせされてショックだったろうに。最愛の婚約者とは引き離され、周りの人達には距離を取られ……そりゃ、病むよ

なぁ）

そんな中、変わらず傍に残ってくれた後輩に「ボクは先輩の味方ですよ」とか「あの選挙はおかしかった」とか延々囁かれ、挙句「全てをひっくり返す方法がありますよ？」とか言われたら……一線を踏み越えてしまうことも、あるのかもしれない。

（雄翔《あいつ》、そういう他人の負の感情を操ることに関しては、マジで悪魔的な才能を持ってるからな……）

腹黒王子、な～んて可愛い属性では収まらない同級生のことを考え、政近は苦々しく口の端をゆがめる。そんな政近を余所《よそ》に、沙也加は軽く肩を竦めて光瑠の問いに答えた。

「順当に行けば、桐生院先輩が後を継ぐんでしょうけど……身内が不祥事を起こしたばかりですし、本人はあまり乗り気ではないようです。では他に誰が……となると有力な候補者もおらず、とりあえずは保留という形ですね」

「そっか……まあ、あの桐生院先輩の上に立てる人間なんてそうそういないよね……加地先輩の場合、中等部生徒会で既に会長と平役員の関係だったから違和感なかったんだろうけど」

納得した様子で頷く光瑠だったが、そこへ乃々亜がサラッと言う。

「じゃ～さやっちが委員長やれば？」

「やりません」

「え～なんで」

「桐生院先輩を慕う人間が多くいる中、わたしが立候補しても反感買うだけです」

淡々と語る沙也加だったが、そこでアリサも声を上げた。

「でも沙也加さんは、中等部の時に桐生院先輩に討論会で勝ったんでしょう？　桐生院先輩の上に立つという意味では、沙也加さんに不足はないんじゃないの？」

「あれは……」

アリサからの思わぬ意見に、沙也加はついっと視線を逸らす。珍しく所在無げな態度を見せる沙也加に、アリサは怪訝《けげん》な顔をするが……政近にはその理由が分かった。

（実際んとこ、あの討論会で主にぶつかり合ったのは、沙也加と菫先輩じゃなくって乃々亜と桐生院だったんだよな……裏側知ってる身からすると、悪党vs純粋悪って感じでホントにおどろおどろしい戦いだった……）

政近と有希が乃々亜の本性に気付いたのも、実はその討論会がきっかけだったりする。それまでも「見た目通りの無気力ギャルではないんだろうな」とは思っていたが、討論会が終わってからは素直に「こいつやべー☆」と思うようになった。同時に、沙也加と乃々亜こそが、選挙戦で最後まで争うことになる相手だと直感したのだが……

（それが、今や名前で呼び合う仲になるとは……人生何があるか分からんね）

政近が何やら年寄りじみたことを考えている間に、思考を立て直したらしい沙也加が軽く咳払《せきばら》いをする。

「……もう、三年も前の話ですからね。流石に一年生の風紀委員長なんて認められませんよ」

「そう？」

「ええ……それに」

そこで沙也加は、ニッと少し悪戯《いたずら》っぽく笑う。

「風紀委員に一番必要なのは……戦闘力だそうですから？」

「……そうなの？」

「いや、真に受けるなアーリャ。そんなことないから。今の風紀委員会があんな感じなのは、間違いなくバイオレット先輩と更科先輩のせいだから」

「？　桐生院先輩はともかくとして、なんで更科先輩？」

「いや、だって更科先輩って中等部の三年間に加えて、去年まで風紀委員だったし」

「あ、ああ……そう言えばそんな話もあったわね……」

「というか、バイオレット先輩があんな感じになったのも更科先輩が原因だし、つまり更科先輩が全ての原因じゃん」

「そもそも、更科先輩は何を思って風紀委員会をあんな武闘派集団に変えたのかしら……？」

「何を思って、っていうか……」

アリサの疑問に、政近は言葉を濁した。その疑問に正直に答えるなら、それは「茅咲に鉄拳制裁されたいじめっ子が、風紀委員会に強制加入させられ更生施設よろしく心身共に鍛え上げられたから」という答えになる。だが、それを言っていいものか……迷う政近の心情を察したのかどうか、そこで毅が声を上げた。

「そうそう、更科先輩と言えば、侵入者相手にすごい修羅ってたらしいな。オレも噂しか聞いてないけど」

「なんだよ修羅ってたって」

毅に苦笑気味にツッコみつつも、少し心当たりがあった政近はタラッと冷や汗を流す。

政近も、実際に茅咲《ちさき》がどんな暴れっぷりを見せたのかは知らない。ただ、討論会終了後に侵入者の様子が少し気になって、風紀委員会室に様子を見に行って……中から出て来た風紀委員の男子生徒が、真っ青な顔で「人間が……人間の体が、あんな形に……うっ」と呟いている光景に遭遇してその場で回れ右した。

「というか、その辺りは同じ風紀委員の沙也加の方が詳しいんじゃないか？」

そう言って沙也加の方に目を向けると、沙也加は微妙に顔を背けたまま肩を竦める。

「まあ……いいじゃないですか、そんな暗い話は。それよりも光瑠さん、政近さんにあれを見せなくていいのですか？」

「え、ああ、そっか」

沙也加の言葉に、光瑠はスマホを取り出すと少し操作し、それを政近へと差し出した。

「はい、また後で全員に共有するつもりだけど……」

「？　なに？」

スマホのスピーカーから聞こえるざわざわとした喧騒《けんそう》に首を傾げながら、政近はスマホを受け取る。そして、その画面を見て目を見開いた。

そこに映っていたのは、観衆の頭越しに見えるライブ衣装のアリサ。観衆の喧騒を豪快な前奏が貫き、そこへアリサの歌声が響き渡る。

「友達に頼んで、撮っておいてもらったんだ。まあかなり遠目だし、前の人の腕や頭にちょいちょい映像遮られてるけど……」

たしかに、ライブ映像としては決して上出来とは言えない。だが、観客席で、他の観客に揉《も》まれながら撮った生の映像だからこそ、その場の熱はこの上なく伝わってきた。

演奏に合わせ、観客が揺れる、跳ねる。その盛り上がりに合わせ、最初は少し硬さを感じたアリサもどんどんノッてくるのが分かった。

(ああ、すげぇなぁ……かっこいいなぁ)

ステージ上を歩き回り、観客の歓声を浴びるアリサの姿に、政近は目を細める。仲間達と視線を合わせ、息を合わせて人々を熱狂させるその姿からは、〝孤高のお姫様〟なんて呼び名は想像できなかった。

(眩《まぶ》しいなぁ……本当に)

画面の中のアリサに、嬉《うれ》しさや誇らしさと共に、一抹の寂しさを覚える。

(本当に……講堂中をしーんとさせた俺とは大違いだ)

眩しいステージで仲間と共に歓声に包まれるアリサと、薄暗い講堂で一人静寂に包まれた自分。

実に対照的な二つの演奏を思い、政近は心の中で苦笑した。そうしている間に動画は終わり、政近は光瑠にスマホを返す。

「いや、すごいな。大盛り上がりじゃないか。教室であんだけ囲まれるわけだ」

心の中の薄暗い感情を隠し、政近はからかうようにそう告げる。すると、光瑠はアリサや毅と顔を見合わせ、困ったように笑った。

「まあ、囲まれること自体は……って感じだけどね」

「正直、少し気疲れしてしまうところも……あるわね」

「だなぁ」

光瑠とアリサに同意した毅に、政近は首を傾げる。

「あれ？　むしろ毅は『オレにもモテ期到来か!?』とか言って喜ぶと思ったんだけど」

「イッ!?　いや、そんなこと言わんし！」

政近の指摘に、毅はぎょっと目を見開くと、なぜか沙也加の方を見てから首をブンブン左右に振った。

その謎の過剰反応に、政近のみならず光瑠も目を瞬《しばたた》かせる。

「……たしかに、言われてみれば毅大人しかったよね。女の子にも結構囲まれてたのに」

「いや、オレは別に……むやみやたらとモテたいわけじゃないし？　好きな人にモテればそれで……」

ごにょごにょとらしくもない純情発言をする毅に、政近と光瑠はそろって怪訝な顔をする。そんな二人の視線に耐えかねたのか、毅はジュースをグッと飲んでからそっぽを向いて言った。

「それにしても、学園祭終わったらすぐに中間テストなんだから大変だよな！　しかも、その後は体育祭もあるし……」

その露骨な話題変更に、政近は軽く眉を上げながらも乗ってあげる。

「ま、そうだな。イベントが固まり過ぎだよな、この時期」

「生徒会とか、大変なんじゃないか？　体育祭でも仕事あるんだろ？」

「いやぁ？　体育祭はそこまで……基本は体育祭実行委員会が主体で、生徒会はその手伝いって感じだからな。生徒会が主体となってやるのは、当日やる種目を決めるくらいで……」

斜め上辺りに視線を彷徨《さまよ》わせながらそう答えるが、そこへ乃々亜が口を挿《はさ》む。

「いや、高等部はあれがあるじゃん。出馬戦」

「ああ、まあ、な……でも、あれは少し事前練習するくらいだし……」

「出馬戦？」

「⁉」

疑問符を浮かべるアリサに、政近は「あ、言い忘れてたな」と考えて説明を加えた。

「体育祭のお昼休みにやる余興でな。要するに、次期会長選候補者同士の騎馬戦だよ。選挙戦出馬者による騎馬戦だから、〝出馬戦〟な。ちなみにこれは本当に余興だから、別に負けたからって選挙戦脱落ってことにはならないぞ？」

「ま～勝つに越したことはないけどね～」

完全に他人事な乃々亜の言葉に、政近は小さく苦笑してから、真面目な顔で言う。

「そうだな。勝つに越したことはない。それに、正直今は俺達の方に流れが来てる。一学期の生徒会役員あいさつ、この前の学園祭でのクイズ対決、騒動の鎮静化。その全てにおいて、俺達は有希と綾乃以上に存在感を残してきてる。出来れば、この流れを絶やさないようにしたい」

「そうですね、わたしの予想以上に、選挙戦の趨勢《すうせい》は傾いてきていると思います」

不意に上がったその言葉に、政近とアリサは思わず沙也加の顔をまじまじと見てしまった。二人の視線を受け、沙也加は少しむっと眉根を寄せる。

「……なんですか？」

「いや、まさかお前の口からそんな分析が出るとは思わなくて……」

「事実を事実として言っただけです」

ピシャリと言い切って前を向く沙也加に、その隣に座っている乃々亜がニマーッと笑ってしなだれかかった。

するりと沙也加の腕に自分の腕を絡め、肩に頭を乗せると、至近距離から上目遣いに沙也加を見つめる。

「……なんですか、乃々亜」

「いやぁ別にぃ」

何を言いたいのかを察した上で、訊《き》いても藪蛇《やぶへび》にしかならないと理解した様子で、沙也加は軽く息を吐いた。

(百合《ゆり》百合しいなぁ……)

その光景をなんとも言えない気持ちで眺め、政近は改めてアリサに向き直る。

「ま、沙也加の言う通りだ。今俺達は、圧倒的に劣勢だったところから、勢いに乗って押し返してるところだ。この勢いを止めないためにも、余興とはいえ今回の出馬戦もきっちり勝ちに行く」

政近の言葉に、アリサもまた真剣な目で頷いた。が、そこで毅が若干空気を読まずにツッコミを入れる。

「いや、でもよ……普通にやったら勝てるくね？　身長差的に」

「うんまあ、普通にやればね？」

真剣な空気に水を差す、もっとも過ぎる指摘に政近は苦笑した。

何しろ、アリサ政近ペアと有希綾乃ペアでは、その合計身長に四十センチ近い差があるのだ。騎馬戦において、騎手が高い位置にいることが優位に働くことは言うまでもない。加えて、騎手の腕の長さ《リーチ》にも大きな差がある。身体的なスペックだけを考えれば、騎馬戦においてはアリサの方が圧倒的に有利なのだった。

「でも、騎馬戦ってことは、参加するのは二人だけじゃないのよね？」

「ん？　ああ、騎馬三人の騎手一人だから、協力者が二人いるな」

「なら、その協力者次第では、話は変わるんじゃないの？」

「う〜ん……どうかなぁ。なんせ、騎手は会長候補、騎馬の先頭は副会長候補がやることに決まってるからさ……いや、正確にはそこは入れ替わるパターンがあるか。会長候補が男子で、副会長候補が女子って場合は、副会長候補が騎手に回るみたいだな、流石に」

「今のかいちょ〜さんも、その前のかいちょ〜さんもそうだったみたいだしね〜」

「ああ、会長と更科先輩に関しては入れ替わる必要があったのかがまず疑問だが……ヒドかったらしいな」

「うん、アタシ動画見たことあるけどさ。ひっどかった。ダンプカーと三輪車の群れって感じだった」

「あるいは赤兎馬《せきとば》に乗った呂布奉先《りよふほうせん》と、ポニーに乗った雑兵といったところでしたね」

「無双したのね……」

　察した様子でなんとも言えない顔をするアリサに苦笑しながら、政近は補足する。

「おかげで、それまでずっとペアが決まっていなかった会長にとっては、すごく鮮烈なデビュー戦になったらしいけどな。とまあ少し脱線したが、結局協力者よりも、選挙戦ペアの身体能力の方がずっと大事ってことだ」

「そう……」

「それに、そういう事情もあって協力者二人は……身体能力より、むしろ知名度が重視されるしな」

「？　どういうこと？」

　アリサの疑問に、政近は少し考えてから答える。

「あ〜つまりあれだ。協力者として、クラスの力自慢を二人連れてきた候補と、現生徒会長と副会長を連れてきた候補、観客はどっちを応援したくなる？　ってこと」

「ああ、なるほど」

「ま、実際は生徒会長と副会長は次期選挙戦には不干渉って決まってるから、そんなことにはならないけどさ。余興とはいえ、出馬戦に協力者として参加する以上、選挙戦においても『私はこちらのペアを支持します！』って宣言するようなもんだから。そりゃ、出来る限り知名度や影響力が大きな人を連れて行った方がいいよねって話だ。出馬戦の勝敗は別としてね」

「そうなると……」

　政近の説明を受けて、アリサは沙也加と乃々亜の方を向いた。そして、チラリと窺《うかが》うように政近の方を見る。

（ま、妥当だろうな……人選自体は）

　その考えを察し、政近は同意を込めて軽く頷いた。すると、アリサは冷徹な目で見返してくる沙也加を、真っ直ぐに見つめて言う。

「沙也加さん、乃々亜さん、私と一緒に出馬戦に出てくれないかしら」

飾り気のない、ド直球なお願い。だが、政近はその言葉に、アリサが素直に他者に協力を求めたという事実に、密《ひそ》かに感動した。が……

「それに協力して、わたしに何かメリットがありますか？」

沙也加の回答は、なんともすげないものだった。

「前にも言いましたが、わたしは選挙戦においてアリサさんを支持しているわけではありません。バンド活動には、個人的に興味もあったので協力しましたが、それとこれとは話が別です」

冷徹な瞳で、淡々と沙也加は語る。そして、アリサの目を真っ直ぐに見返してピシャリと言い放った。

「わたしが選挙戦における仲間だと思っているのなら、それは大きな間違いです」

アリサを容赦なく突き放す沙也加の宣言に、室内に緊張が満ちる。毅や光瑠も、二人の対峙《たいじ》を固唾《の》を呑んで見守っていた。この展開を予想できていた政近も、厳しい表情で二人を見つめる。乃々亜？　変わらず沙也加にべったりくっついてますが？　乃々亜さんマジで乃々亜さん。

「……それで？　仲間ではないわたしを、出馬戦に協力させるとして。アリサさんは、わたしにどういったメリットを提示するのですか？」

あるいはそれは、かつて会長候補最有力とされた少女からの、アリサへの課題なのかもしれなかった。

人を動かすということがどういうことなのか。情で動かぬ相手を、利で以《もっ》て動かす交渉力。それを、沙也加はアリサに問うているのかもしれない。横で見ていて、政近はそう思った。

(俺なんかは、オタグッズで釣ったわけだが……今回はそんなんじゃ動いてくれんだろうな)

何しろ、学園祭で一緒にバンドをするのとは訳が違う。協力者として出馬戦に出るというのは、全校生徒にその候補の支持者であることを宣言する行為なのだから。それに、アリサの騎馬になるというのも、沙也加にとっては屈辱だろう。見ようによっては、討論会で敗北してその軍門に下ったようにも取られかねないのだから。今まで、学園の誰に対しても膝を屈したことのない沙也加が、そう簡単に受け入れるとは思えなかった。

(俺でも、この説得はかなり難しいと思うが……さてアーリャ、どうする?)

念のため、アリサが説得に失敗した場合のフォローは考えつつ、ひとまずこのところ成長著しいパートナーを信じて、アリサの回答を待つ。

その場の全員が注目する中、アリサは……沙也加の視線の圧力に屈したかのように、スッと目を逸《そ》らした。その反応に、沙也加は失望したかのように目を細める。

ますます緊張感が高まる中……アリサは、髪先をいじりながら少し恥ずかしそうに言った。

「たしかに、仲間ではないけれど……その、友達ではあるから。こんなこと頼める人、他にいないし……一緒に出てくれたら、嬉しい、のだけど……」

軽く頬《ほほ》を染めながら言って、アリサはチラリと沙也加の顔を窺う。そこには、男性相手であれば間違いなく瞬殺できるであろう、計算されていないいじらしさと可愛さがあった。だが……

(アーリャ……いや、正直な言葉なんだろうけど……『メリット提示しろ』って言われてそれは、情に訴えてるのと変わらんぞ？ 沙也加は情では動かないって……)

交渉になっているのかすら怪しいアリサの言葉に、政近は少し困ったように眉を下げる。その政近の考えを肯定するように、沙也加は軽く息を吐くと、ついっとアリサから顔を背けて前に向き直った。

そして、中指で眼鏡のブリッジを押し上げながら言う。

「まあ、そういうことであれば……仕方ないですね？ 友達ですし？」

(情で動いたぁぁぁぁぁ――――!?)

落ち着きなく眼鏡をクイクイしながら、何やらトーンの上がった声でそんなことを言う沙也加に、政近は目を剝《む》いた。

(おおおまえそれでいいのか!? どうした討論会の女王!!)

あまりにもらしくないその反応に、政近は動揺を隠せずに沙也加を凝視する。だが、当の沙也加は先程までまとっていた冷徹な雰囲気はどこへやら、ツンとした表情を保ちながらも何やら上機嫌そうなオーラを発していた。

「沙也加さん、いいの？」

「……まあ、友達のお願いということであれば。無下にするのもどうかと思いますし？」

「ありがとう沙也加さん。その、乃々亜さんは……」

「さやっちがい～ならい～よ～」

沙也加に張り付いたまま、乃々亜はあっさりと頷《うなず》く。そして、幼馴染《おさななじ》みの顔を至近距離からニヤニヤと見つめる乃々亜に、沙也加はむっと眉根を寄せた。

「あなたはいい加減離れなさい」

そう言って、腕に絡みついていた幼馴染みを押しのけると、沙也加はコップを手に立ち上がる。

「少し、飲み物を取ってきます」

そして、そう告げるとさっさと部屋を出て行ってしまった。その背を見送り、乃々亜はへらへらと口元だけで笑う。

「さやっちも照れ屋さんだよね～」

「……照れ屋っていうか……意外過ぎる一面を見たな」

「ん～？　まあ、さやっちもなんだかんだで友達少ないしね～～嬉しかったんじゃない？」

「そうなのか……」

自分でも難しいと考えていた交渉を、アリサがまさかの方法であっさり突破したことに、政近は軽く呆然《ぼうぜん》とする。

（なんか、ちょっとショックだ……というか、冷徹な女王様を計算なしのド直球でデレさせるとか、アーリャマジで主人公じゃん……）

思いっ切り計算で交渉しようと考えていた自分が妙に汚れた人間に思えて、政近は少し落ち込んだ。と、そこで乃々亜が、ハニートーストにフォークを伸ばしながら何気ない口調で言う。

「で、タケスィーはさやっちに惚《ほ》れたの？」

「「「「!?」」」」

何の脈絡もない問い掛けに、他の四人は一様にぎょっとする。そして、三人が一斉に毅の方を向いて、愕然《がくぜん》とした表情で徐々に顔を赤くするその姿に、驚きを通り越して呆気《あっけ》に取られた。

「え、や、ちょ、ちょちょちょちょい。ま、マジで？」

続けざまの衝撃に、馬鹿みたいに動揺しながら政近が問い掛けると、毅は視線をあっちこっちに飛ばしながら不明瞭な声を漏らす。その反応だけで、もう十分だった。

「ええ～……いや、ええ～～？」

「いやそんな引くか？」

「いやぁちょっと意外過ぎて……」

「……これぱっかりは政近に同意。毅の好みのタイプって、もっとこう…………すごく、優しさに溢《あふ》れてるような人かと」

「いや、優しいじゃん。沙也加さん」

ちょっと照れながらも断言した毅を、政近と光瑠はまじまじと見つめる。そのまま、しばし沈黙が続いた。

突然恋心を暴かれて何を言えばいいのか分からない毅と、親友の意外過ぎる恋心に動揺が収まらない政近と光瑠。アリサは男友達の恋バナという未知の体験に固まっており、元凶たる乃々亜はハニートースト食ってる。

と、カラオケボックスに似つかわしくないその静寂を、ドアの開く音が破った。

「？　どうしたのですか？」

入ってきた沙也加は、ジンジャエールの入ったコップを手に、眉をひそめて室内を窺う。が、政近はそれには答えずにグイッとコップに残っていたコーラを飲み干した。

「よし、俺もちょっと飲み物を取ってくるかなぁ」

「そうだね、僕も」

そう言うと、政近と光瑠は示し合わせたかのように、左右からガッチリ毅の肩に腕を回す。

「毅も一緒に行くよな～？」

「お、お？」

「うんうん、一緒にドリンクバーでいろんなジュースの組み合わせを試そ～」

そして、そのまま毅の返事を待たずに立ち上がると、半ば連行するようにして三人で部屋を出た。毅のコップは部屋に置きっぱになっているが、それは些細《ささい》な問題だ。

「……で、お前マジで沙也加のこと好きなのか？」

ドリンクバー前の廊下に辿《たど》り着いたところで、政近は改めて毅に問い掛けた。そして、否定せずに目を逸らす毅の反応を見て、軽く天を仰ぐ。

「……マジか～」

本気であることは分かった。だが、素直に応援するには……いろんな意味で難しい相手だった。

まず、なんと言っても家格が釣り合わない。沙也加は日本有数の大企業の社長令嬢。毅も一応社長令息ではあるのだが、こちらは中小企業の町工場だ。従業員数も年商も、桁が三つくらい違う。

その時点で十分高嶺《たかね》の花というか逆玉の輿《こし》だろうに、沙也加自身があの性格だ。お世辞にも恋愛に興味があるとは思えない……むしろ、家のためなら平然と政略結婚しそうな感じすらある。

（しかもあいつ隠れオタクなんだよな……毅は絶対そのことを知らないだろうし………それに、乃々亜がなぁ～）

諸々《もろもろ》の事情を考慮して、難しい顔をする政近に、毅が少し不満そうに言う。

「んだよ、そんなに変か？」

「変っていうか……お前、夏休み前に好きな人いるって言ってなかったっけ？　俺の家でテス勉してた時、なんか『肉食系になってガンガン行く』とか言ってたじゃん」

「そう言えばあったね。そっちはどうなったの？」

「あぁ……それ、なぁ」

「……まさか、もうフラれたとか？」

「フラれた、っていうか……」

　歯切れ悪く言い、数秒迷った素振りを見せてから、毅は観念したように話し始めた。

「……そん時好きだった人ってのが、まあ名前は伏せるけどサッカー部のマネージャーでさ……」

「ふ～ん？」

「サッカー部のマネージャー？　なんでまた」

「いや、実は一時期、サッカー部のマネージャーが野球部の練習を手伝ってくれててさ。その時にいろいろ優しくしてもらって、まあ、いいなぁって」

「……ん？」

　毅の説明に、政近はピタッと固まる。

　なんだか、すごくどこかで聞いたことある話だった。サッカー部のマネージャーが野球部を手伝った……？　おっと？　その提案誰がしたんだっけな？

「で、頑張ってアプローチしたんだけど……実はその人、うちの部長と付き合ってたってオチで……」

おぉっとぉ？　部長の彼女さん？　いましたね～秘密の彼女が。知らぬこととはいえ、無責任に殺を焚《た》き付けたのは誰だっけなぁ～？

「ま、そんなわけで失恋しまして……今回一緒にバンドやって、学園祭で叶《かなう》のことも助けてもらって……沙也加さんのこといいなぁって。まあ、そんな感じ」

ほうほう、沙也加をバンドに誘ったのはだぁ～れだったかなぁ～⁇

「……なるほど、ね」

政近は察した。全ての元凶が、自分にあることを。どれも意図したことではないとはいえ……罪悪感がすごい。

こうなると、もう政近としては、

「……応援、するぞ？」

そう、絞り出すように言うしかなかった。

Иногда Аля внезапно кокетничает по-русски

第３話　ちょっと待てアホ毛が立った？

「なんだかんだ、思ったより盛り上がったな」

「そうね、楽しかったわ」

結局、カラオケからの帰り道、政近《まさちか》はアリサを家まで送っていた。

カラオケは二時間程度で解散した。ライブの成功祝い兼バンドの解散式としては、だいぶささやかな集まりとなってしまったが、明日も学校があるので仕方がない。

本来は休日にやるつもりだったのだが、学園祭の振り替え休日は全員の予定が合わず、かと言って次の休日はもうテスト直前となってしまうため、このような形になったのだ。もっとも、今日の埋め合わせ（という建て前）でテスト明けにまた改めて遊ぶことにしたので、六人で集まるのが最後というわけではないが。

「友達と一緒に好きな曲を歌うのって、思ったより楽しかったのね」

「今まではなかったのか？　そういう経験」

「家族と歌ったことはあるけど……」

「ああ、家族カラオケか」

「そうじゃなくて、ダーチャ……ロシアの別荘で、おじいちゃんの弾くギターでみんなで歌う感じ？」

「思ったより牧歌的だった……」

いつも通りの二人、いつも通りの何気ない会話。でも、どこかにぎこちなさがある。

(うん、なんかまだ……引きずってるな、後夜祭のこと)

後夜祭テンションのせいか、小悪魔ムーブが全開になっていたアリサを思い出し、すぐに打ち消す。

(ま、そのうち自然と落ち着くだろ、うん)

そんな風に考えながら、努めていつも通りに振る舞う政近だったが……会話が途切れたタイミングで、不意にアリサが立ち止まった。

「？　アーリャ？」

疑問符を浮かべて振り返れば、少し迷った様子で斜め下辺りを見ていたアリサが、意を決した様子で視線を上げる。

「政近君……何かあった？」

「え？」

「その、何か……ぎこちない感じがして」

「……」

アリサの言葉に、政近は反射的に「いや、それはお前の方だろ」と思った。しかし数秒考え、「いや……」と思い直す。

(もしかしたら……そうなのか?)

もしかすると、自分でも気付かない内にぎこちない態度を取っていたのかもしれない。

ぎこちない態度を取った自覚はなかったが、その原因には心当たりがあった。

(マーシャさんのこと、だよなぁ)

昼休みにあったマリヤとのやりとり。そこで感じた、マリヤへのときめき。それがなんとなく、政近の中でアリサに対する負い目になっていたのだ。

(なんだろうな。この、なんか浮気しちゃった感。別に付き合ってないんだから、浮気も何もないんだけど……)

難しい顔で黙ってしまった政近に、アリサはますます心配そうに眉を下げる。

「やっぱり、何かあったの?」

そんなアリサの純粋な気遣いにも、なんだか罪悪感を刺激されてしまう。しかし、悟られてしまった以上、何も言わずに誤魔化したらますますぎこちなくなる気がして、政近は少し考えてから口を開いた。

「うん……まあちょっと、悩み事、かなぁ」

「悩み事……」

「いや、大したことじゃないと言えばそうなんだけど……」

軽く咳払《せきばら》いをし、少し表情を改めると、政近は夜空を見上げながらゆっくりと語る。

「……最終話の終わり方があまりに悲し過ぎて、トラウマになってたアニメがあったんだよ」

「……？」

「で、この前そのアニメの第二期……続編が数年ぶりに作られてさ。俺は第一期がトラウマ化してたんで、見るつもりなかったんだけど、友達に『あれの二期いいよ～』って言われてな。俺が『覇権作品の方にハマってるから』って断ったら、その友達も『そっちもいいよね。じゃあそれが終わった後で、気が向いたら見てみて？』って引き下がって。まあ、そこまではよかったんだけど」

アリサが疑問符を浮かべている気配を感じながらも、政近は続ける。

「友達に薦められて気になって、俺改めて一期を見直したんだよね。そしたら、最終話の印象が強過ぎただけで、全体として見たらやっぱり良作だったって分かって……見るつもりなかった二期にも若干ハマっちゃって……」

そこで視線を下ろすと、政近は無駄に悩ましげな顔で首を左右に振った。

「でも、『覇権作品にハマってるから見るつもりない』って言った手前、その友達に『二期にハマっちゃった☆』とも言いづらいし、かと言って黙って覇権作品について話すのもなんかモヤるし……とまあ、そんな感じ？」

「……それが悩み事？」

「おう。どう思う？」

「正直に言えば済む話じゃないの？」

「ん～……まあ、ねぇ」

微妙に呆《あき》れた目をしたアリサの回答に、政近は「ま、そういう反応になるわな」と苦笑する。

（そりゃアニメならいいけどさ。人となると……ねぇ。まあ変な誤魔化し方した俺が悪いんだけど）

下を向いて内心で自嘲する政近へ、アリサは怪訝《けげん》そうな顔で言った。

「別に、いいじゃない。気に入っちゃったんでしょ？　何かを好きになるのなんて気持ちの問題だから、止められることじゃないと思うし……そんなことを気にしてぎこちなくしてる方が、その友人に対して不親切じゃない？」

ゆっくりと、自分の中で吟味しながら紡がれた言葉。それが、思いがけず政近の心に響いた。

驚きに目を見開き、顔を上げると、少し動揺したように瞬《まばた》きをするアリサと目が合う。

「……そう、かな」

「そう……じゃない？　少なくとも私は、そう思うけれど」

「うん……そっか」

ゆっくりと数度頷き、政近は気の抜けた笑みを浮かべた。

「ありがとう、ちょっとすっきりしたよ」

「そう？　だったらよかったけれど……」

なんだか釈然としない様子で首を傾げるアリサに、政近は優しく笑う。そうして、ゆっくりと歩みを再開しながら、明るくおどけた声を上げた。

「いやぁまさか、俺がアーリャにお悩み相談をする日が来るとはな」

「お悩み相談っていうほど、大袈裟《おおげさ》なものじゃなかった気がするけど……」

「いやいや、悩みは人それぞれ。その深さもまた人それぞれだから」

「そう……まあ、こんなことでよければ、また相談してくれていいわよ？　その、パートナー……なんだから」

少し唇を尖《とが》らせ、むっとした顔でそう言うアリサに、それが照れ隠しだと分かる政近はますます優しく笑う。

「うん、頼りにしてるよ」

「！」

そう言った途端、隣を歩くアリサがビクッと肩を跳ねさせた。

「？」

「なんでもないわ」

政近の疑問の視線をはねつけるようにそう言うと、アリサはさっさと先を行く。その言動に反して、その背中はなんだか機嫌がよさそうだった。

（なんか……結果的に、いつもの感じに戻ったかな？）

内心ほっと胸を撫《な》で下ろしながら、政近は少し早足でアリサの隣に並ぶ。そうして、アリサの家が見えてきた辺りで、アリサがふと言った。

「そういえば、もうテスト期間だけど……」

「お、おう」

「どうする？　なんなら、また一緒に勉強してもいいわよ？」

機嫌良さそうにそう提案するアリサに、政近はしばし考え……頭《かぶり》を振る。

「いや、今回は一人で勉強するよ。毎回、誰かと一緒じゃなきゃいけない～なんてのも情けないし」

「……そう」

頷《うなず》くアリサの声が少し残念そうに聞こえたのは、政近の自意識過剰か。そうしている間に、アリサの住むマンションの入り口に到着した。

「それじゃあ、また明日」

「ええ、送ってくれてありがとう」

そう言って、アリサはマンションのエントランスへと繋《つな》がる階段へ足を掛け——くるりと振り返ると、スッと政近の懐へ入り、頬《ほほ》を政近の頬へ押し付ける。そして、

【私も、頼りにしてるわ】

小さく耳元で囁《ささや》くと、素早く身を翻してマンションへと入って行った。

その背を呆然《ぼうぜん》と見送り、アリサの姿が完全に見えなくなってから、政近はビクッと体を

震わせる。

（ビッ、クリしたぁ～……）

アリサの頬が触れた箇所からじわじわと熱が広がってくる心地がして、政近はひとつ身震いをしてから、堪らず駆け出した。

未《いま》だ残暑がじんわりと残る夜の街を、政近は風切り走る。そうして家に着く頃にはすっかり息も上がって、顔どころか全身が熱くなっていたが……胸の中には、いつになくやる気が漲《みなぎ》っていた。

「……がんばろ」

改めてそう宣言し、気力を奮い立たせる。なんだか、今ならいくらでも勉強が出来そうな気がしていた。

（よし……とりあえず、今日からパソコンは禁止。テレビとスマホも必要最低限にする！）

ずんずんと歩きながらそう決意を固め、家のドアの前で一度深呼吸。

「ん、よし！」

気合の漲る声と共に、政近は家のドアを開けて――

「あ、おかえりぃ～」

ポニーテールをぴょんこぴょんこ跳ねさせながら出迎えに来た妹の姿に、ヒューンと気力が萎えるのを感じた。

「あたしにする？　綾乃《あやの》にする？　それとも……さ、ん、ぴ、い？」

「３ＰはＣＯＭ《コンピューター》ってことか？」

「対戦ゲームやってんじゃねぇんだぞ」

有希《ゆき》の品性クソな出迎えを華麗にスルーし、政近は「ただいま」と言いながら何事もなかったかのように洗面所へ向かう。そうして手洗いうがいを済ませてリビングに行くと、有希が楽しそうにポニーテールをフリフリさせながら待っていた。

「と、いうわけで……学園祭も終わったことだし、テスト始まる前に、溜《た》めてたアニメ一気見しようぜ！」

素晴らしい笑顔で悪気なく兄の決心をぶち壊そうとする妹に、政近は少しばかりの申し訳なさを感じながらも言う。

「いや、遊んで帰って来た俺が言うのもなんだけど……もうテスト期間だし、勉強しないとマズいだろ」

「大丈夫！　明日から本気出すし！」

「ぬぅ、説得力」

ポニーテールの先を自信たっぷりにクルンとさせながら宣言する有希に、政近は唇をむぅっと突き出した。「明日から本気出す」というのは結局やらない人間の常套句《じょうとうく》だが、有希の場合は違う。本当に明日から本気を出すために、今日は思いっ切り羽を伸ばす気なのだろう。

（まあ、こんなに楽しみにしてることだし、今日くらいは俺も付き合うか……どうせさっ

きまで遊んでたんだし)

と、思いかけて、すぐに「いや」と思い直す。

(アホか。さっきの決断を思い出せ)

そう内心自分を叱咤《しった》し、政近は誘惑を振り切って首を左右に振る。

「悪い。俺は今日から本気を出すって決めたんだ。アニメの一気見はテスト後にしてくれ」

「えぇ～再来週まで待つのぉ？　ネタバレ回避するのも大変なんだけど……」

ポニーテールをへなへなとさせながら、有希は不満げに言った。

「悪いな。今回は本気で学年三十位以内狙ってるんだ」

だが、政近が申し訳ない気持ちになりながらも断固とした口調で言うと、有希はポニーテールをへにょんとさせながら渋々頷く。

「……分かった。テスト明けね」

「ごめんな。わざわざ来てくれたのに……」

「い～よい～よ。勉強の邪魔をしないよう、部屋で積み本崩しとくから」

「そっか……ところで、ツッコまないつもりだったんだが」

流石にスルーは出来ず、政近は有希の背後。全力で気配を消しながら有希のポニーテールを手で操っている綾乃を見て、目を細めた。

「……何やってんの？」

「フッ、よくぞ訊《き》いてくれた」

「俺だって訊きたくなかった」

　途端、ニヤリと不敵な笑みを浮かべながら、顔を隠すように右手の指先を額に当てる有希。綾乃の手によってセクシーに波打つポニーテール。壮絶に面倒くさい空気を感じて、ますます目を細める政近。

　そんな、兄の梅雨ど真ん中並みに生ぬる～い視線もどこ吹く風、有希はどこか哀切を含んだ視線を虚空に投げる。

「どこから語ろうか……そう、あれは私が」

「三十秒スキップ」

「るかな？　彼女のトレードマーク」

「もういっちょ」

「イーテールキャラは、かくあるべきだと」

「行き過ぎた。十秒巻き戻し」

「テールがしょんぼりと力なく垂れ、逆に心がウキウキしている時はポニーテールがぴょんぴょんと跳ねていたんだ。それを見て、私は衝撃を受けた……全てのポニーテールキャラは、かくあるべきだと悟ったのだよ」

「器用だなお前。そしてごめんな？　綾乃」

　有希がセリフを飛ばすのに合わせてギュンッと頭を動かす度に、文字通りそれに振り回される綾乃。下手すると主の髪を引っ張ってしまうので、綾乃も必死である——というのに、有希はあろうことかそこで両腕を広げると、クルッとその場で一回転した。綾乃、有希の周りを中腰でバタバタバタ。

「おいやめて差し上げろ」

「あぁ、そう！　ポニーテールとは、ただの活発さを表現するだけの髪型にあらず！　感情によって」

「要するに？」

「ポニーテールにする以上、髪の動きで感情表現すべきじゃね？　って話」

「最高に頭が悪い話を無駄に仰々しく語りよるね」

「お前こそ人の語りを容赦なくスキップしよるね。前奏聴いてられないZ世代か」

「Z世代がZ世代にそのツッコミするのはどうなん？」

「Z世代とか、大人が作ったカテゴリーに勝手にはめないでもらいたいんですよね」

「お前が言い出したんだよ」

「そういうなんでもかんでも型にはめようとする行為が、社会の分断を招くと思うのです」

「なるほど。さっき『全てのポニーテールキャラはかくあるべき』とか言ってたやつのセリフとは思えんな」

政近がジト目でツッコんだ途端、有希は舞台俳優のようにバッと手を天に向かって突き出す。

「あぁそう！　ポニーテール！　ポニーテールの可能性を知り、私は真のポニーテールキヤラとなるために修練に励んだ……なんとか感情に合わせて、ポニーテールを動かそうとしたのだよ！」

「必殺技の練習でもした方がまだ建設的では？」

「そしたらさ」

「うん」

「アホ毛が立ったんだよね」

「謎スキル生えてんじゃねぇか」

「フッ、世界はまだ知らない……この外れスキルが、いずれ最強へと至る可能性を秘めていることを」

「アホ毛があ～？」

「分かっていないな……アホ毛を立たせるということは、即ちケラチンの水素結合を制御しているということ。つまり！　極めればありとあらゆる生体分子の分子結合を自在に操り」

「拡大解釈が過ぎる」

「外れスキルなんて拡大解釈してなんぼでしょ」

「それでもやり過ぎるとネタ扱いされるぞ」

「アホ毛から始まってる時点で完全にネタ枠では？」

「まさかお前に正論で殴られるとはなっ」

流れるようにボケツッコミの応酬をし、政近は改めて綾乃に目を向ける。

「で……自力じゃポニテを動かせなかったから、綾乃に動かしてもらおうって？」

「その通り！　綾乃の隠密《おんみつ》スキルを完璧に活《い》かした、ナイスアイデアだと――」

「綾乃、パワハラで訴えたらたぶん百勝てるからいつでも言えよ？」

「ありがとうございます。ですが、大丈夫です」

「健気《けなげ》の権化かよぉ～」

「ただ単にドMなだけでは？」

「アホの権化は黙ってろ」

「アホの権化。略してアホゲ……フッ、アホ毛を操る我には相応《ふさわ》しい称号よな」

「…………」

「…………」

「…………」

「……何が？」

「逆ツッコミやめろ。すべったボケを人に押し付けるな」

「兄貴がツッコミで処理してくれないのが悪いんじゃん」

「おまけに逆ギレだと？　いくら俺でも目に見えた爆弾には手を出さんよ？」

「ヒドイ！　お兄ちゃんなら一緒に爆死してくれるって信じてたのに！」

「うるせぇ人を巻き込むな。死ぬなら一人で死ね」

「うわぁこいつクズだ！　パニックものですがりつく仲間を足蹴にするタイプのクズだ！」

「人間の醜さを読者に見せつけて死ぬモブAじゃん」

「大体次かその次のコマで背後か上からグシャッとやられるよね」

「逆に仲間を見捨てなかったモブのとこには、主人公一行が助けに現れるんだけどな」

「うむ。というわけで、これからは爆弾もきっちり拾ってくれ」

「誰かが助けに来ると信じて〜？　拾った途端お前逃げるだろ」

「チッ、バレたか」

「クズのくせになんだかんだで生き残るヘイト要員だ……」

「ククッ、最期の瞬間に『お兄、ちゃん……』って呟いて、最高にモヤる退場をしてやるぜ」

「そのお兄ちゃん、お前のせいで爆死してるんだけど？」

「いいからさっさと勉強しろよお兄ちゃん」

「ボケを拾えっつったのは誰でしたかねぇ妹ちゃん」

「おい綾乃、呼ばれてんぞ」

「!?」

「だから人を巻き込むなと……ああもう」

疲れ切った声を漏らしながら、政近は有希の頭をグリグリと撫《な》でる。

「お、うぉ？」

そして、目をぱちくりさせる有希から手を離すと、労《ねぎら》いの気持ちを込めて綾乃の頭も軽くポンポンした。すると、有希は荒っぽく撫でられた頭を押さえながら、上目遣いで政近を睨《にら》む。

「むぅ……言っとくけど、女の子はとりあえず頭を撫でときゃ喜ぶと思ってるなら、それはオタクの大いなる勘違いだぞ兄上よ」

「別にそんなつもりじゃねぇわ」

「ま、私は喜ぶけどな。おら撫でろ。もっと撫でろよおら」

そう言いながら、有希は少し前屈《まえかが》みになって頭をグリグリと押し付ける。

「なんなんだよ……」

それにすっかり呆《あき》れた顔をしながらも、政近は祖父母宅にいる飼い犬《リル》にそうするようにわしゃわしゃと頭を撫で回した。

「うわ～」

棒読み気味に楽しそうな声を上げながら、有希はシャツをペロンとまくり上げると、犬さながらにお腹《なか》を晒《さら》す。その上で、「ほれ撫でろ」と言わんばかりにニンマリとした笑みを浮かべるが……政近はそれを綺麗《きれい》にスルーして自室に入った。

『くっ、この魅惑のお腹を前にしてガン無視だと……？　おのれおっぱい星人め』

そんなドア越しの恨み言に聞こえないふりをしつつ、政近は部屋着に着替えると真っ直ぐ勉強机に向かう。そして、本気で試験勉強を開始した。

途中、綾乃にコーヒーの差し入れをもらいつつ、政近にしては珍しいほどの集中力で勉強を続ける。そうして差し入れのコーヒーを飲み干し、軽く一息吐いたところで時計を見ると、時刻は午後九時半に差し掛かろうとしていた。

「……」

ふっと部屋の外に意識を向けるが、特に物音などはしない。どうやら、有希は宣言通り、勉強の邪魔にならないよう自室に閉じこもっているようだ。それは政近も求めていたことではあるが、実際にここまで大人しくされてしまうと、なんだか拍子抜けするというか悪いことをした気がするというかちょっと物足りないような気も……

（って、何考えてんだか。シスコンもいい加減にしろよ）

あの普段ふざけ倒している妹が、本当は真面目で思いやりに溢《あふ》れた子だってことくらい、重々承知している。兄が本気で勉強に専念したがっているなら、その意志をちゃんと尊重してくれる優しい子なのだ。

でも……だからこそ……

（少しくらいわがまま言ってくれても、いいんだけどな）

どうしても、そう思ってしまう。あの我慢することに慣れ過ぎた妹を、せめて自分だけは思う存分甘やかしてやりたい。そう思うのに……有希は、政近の気持ちを無視してまで我を通すことは決してしない。その子供らしからぬ物分かりの良さが、政近の胸に寂しさと悲しさを抱かせるのだ。

（テストが終わったら、好きなだけ遊びに付き合ってやるか）

そう心に決め、政近は椅子から立ち上がると大きく伸びをした。

（ん……っと、一旦風呂入るか……）

数分前に、風呂が沸いたことを告げるお知らせが聞こえた覚えがある。有希と綾乃が入らないなら、先に入ってしまおう……と考えて、政近は部屋を出ると有希の部屋のドアをノックした。

『は～い？』

「先風呂入っていい？」

『どうぞ～』

ドア越しに許可をもらい、政近は自室から着替えを持ってくると、そそくさと服を脱いで首元の湿布も剝《は》がし、風呂に入る。頭と体を洗って湯船に体を沈めると、長時間の勉強で蓄積された疲労が、湯に溶かされていくような心地がした。

「あぁ……」

満足げな息を漏らし、政近は湯船の中で完全に脱力する。今だけは、勉強のことも忘れてリラックスし……ていると、浴室のドア越しに、洗面所の引き戸が開く音がした。

（ん？　誰かが、手を洗いに──？）

頭の片隅で、そんなことを考えた瞬間。

「はいドーン！」

「⁉　はぁぁぁ⁉」

浴室のドアを蹴り開けて、全裸の有希が入って来た。

「ちょまっ、何考えてんだぁ⁉」

ガバッと上体を起こして叫ぶ政近に、有希は堂々と胸を張って答える。

「勉強の邪魔をしない代わりに、お風呂にお邪魔することにした！」

「いやおまっ、普通に全裸じゃねぇか！」

「お風呂なんだから全裸なのは当たり前じゃん。大丈夫、光と湯気がいい感じに仕事してくれてるから」

「してねぇよ⁉」

「だ～いじょうぶだって。あとで修正入るから。海苔《のり》貼られるから」

「今セルフで貼ってくれぇ⁉」

素っ頓狂な声でツッコみながらとりあえず反対を向く政近だったが、なんと有希がドアを閉め、普通に風呂椅子に座る音がする。

「え、ちょっと待て。マジで一緒に入る気か？」

「え？　うん。勉強の邪魔せずにお兄ちゃんとおしゃべりするには、これしかないし」

「い～やいやいや、それにしたって一緒に風呂はイカれてんだろ」

高校生にもなって兄妹で一緒にお風呂に入るなんて、どう考えたっておかしい。そもそもこの年の女子は、父親や兄が入った後の風呂に入りたくない、一緒に洗濯物を洗われた

多少なりとも恥じらうだろ!?）

くないと言うものではないのか。

（いやまぁ有希は反抗期じゃないからそこまでじゃないにしても……思春期なら普通は多少なりとも恥じらうだろ!?）

実際、政近自身は自分の裸を妹に見られることに羞恥を覚えている。これが女性なら尚《なお》のことではないか……と考える、政近の耳に。

「あたし、やっぱりおかしいかな？」

ぽつりと、有希が漏らした呟《つぶや》きが届いた。その声にどこか深刻な響きを感じ取り、政近はチラリと有希の方を見る。すると、有希は髪を洗いながら、じっと自身の下腹部に視線を落としていた。

「……」

その様子に何か切迫したものを感じ取り、政近は再び顔を背けながら考える。

一般的に考えれば、有希の言動はおかしいと言われても仕方がないだろう。だが一般化せず、有希個人の事情のみを考えるなら……

「別に、おかしいとは思わんけどよ」

そう、答えるしかなかった。

政近だって分かっている。有希が未《いま》だに、反抗期の兆候を欠片《かけら》も見せないのは……反抗期などを迎えるよりも先に、大人にならざるを得なかっただけなのだと。

不甲斐《ふがい》ない兄と勝手な大人に囲まれ、聡明《そうめい》な有希は子供ながらに、子供のままではいられないのだと理解した。そして……親に甘える権利も、親に反抗する権利も放棄して、数段飛ばしで大人になったのだ。全ては家族を守るために。

（実際、俺なんかよりよっぽど大人だからな、有希は）

心からそう思う。だが……

（明らかに、子供のまんまの部分もあるんだよな……）

反抗期も思春期も、子供が大人になるための重要な過程であることは間違いない。その過程を強引にすっ飛ばした心はどうなる？　どんなに大人のように見えても、その実いびつな成長を遂げてしまうのではないか？

『ごめんね兄さま。わたしは……この家に残るね』

有希が見せる、年齢と不釣り合いに大人な姿。

『お兄ちゃんに裸見られてもぜ～んぜん恥ずかしくないよ？』

それとは正反対に、いつまで経《た》っても子供な姿。

（もしかすると、有希のこの子供な部分は……）

あの病室のような、飾り気のない部屋。あの部屋のベッドの上に、取り残されてしまった有希の一部ではないのか。

庭で思いっ切り鬼ごっこがしたいと言っていた有希。好きなだけ笑いながらゲームがしたいと言っていた有希。でも、いつしかそんなささやかな願いを口にすることもなくなって……内に呑《の》み込んだ願いをいくつも叶えないまま、有希は周防《すおう》家の跡継ぎとなった。

そんな彼女を置いてけぼりにしてしまったのは、間違いなく政近で……

(ここにいるのは……あの時の有希なのか?)

当時の有希は、お風呂に入るのにすら気を遣わなければならなかった。湯気や温度差などでも喘息《ぜんそく》が出たため、長湯は厳禁。ベッドの上で体を拭くだけで済ませることもしばしば。当然、お風呂ではしゃいだりした経験などなかっただろう。その当時できなかったことを、今やりたがっているのなら……

「ま、好きにしろ」

少しばかりのやるせなさと共にそう告げると、政近は湯船の中に深く身を沈めた。すると、髪をまとめた有希はじっと政近を見つめてから、にへっとした笑みを浮かべる。

「……そっか」

深刻さの消えたその声音に、政近も密《ひそ》かに安心して──

「んじゃ、失礼シャッス」

「ってぉぉぉい!?」

「ドバシャ〜ン!」

明るい声で言いながら、政近に背を預けるようにして身を躍らせる有希。その効果音通り、大きく波打った水面が顔面を直撃し、政近はプルプルと頭を振った。

「おまっ、お前なぁ……」

政近が呆れ半分非難半分の声を上げると、勢いよく飛び込んだ有希がちょっと浴槽の縁に手を置いて体を浮かす。

「うわっ、結構熱い」

「そう思うんなら出ろや」

「こんな熱い風呂に入ってられるか！　オレは部屋に戻るぞ！　……と、言うとでも思ったか？　残念だったな。そんな分かりやすい死亡フラグは立てんよ」

「どこが死亡フラグなんだよ。むしろ、入ってる方が危険だろ」

「お兄ちゃん……？　まさか」

「そういう意味の危険じゃねぇよ！」

「たしかにお風呂場は自殺に見せかけやすいって聞くけど、まさかそんな……」

「うん、思ってた意味の危険と違ったわ」

「こういうところでむっつり度が分かるよね」

「熱い風評被害やめろ。分かったのはいかにお前が普段から下ネタを言ってるかってことだろ」

「いやぁエレナ先輩には負けますよぉ」

「あの人は論外」

「つし、慣れてきた」

そう言うと、有希は浮かしていた体を肩まで沈め、政近の体に背を預けた。

「ちょっ」

「ふっはっは、同棲《どうせい》したてのバカップルみたいですな」

「いや、お前さぁ……」

「ククッ、これで幼馴染《おさななじ》み特有のマウント技『一緒にお風呂に入った仲じゃないですか！』に『子供の頃の話だろ！』で返すことは出来んぞ兄者」

「……ハァ」

苦言を呈そうとして、すぐにその気も失《う》せて溜息《ためいき》を吐く。

（ま、小学生低学年の妹と入ってると思えばいいか……）

そんな風に考えて、虚空に視線を投げ、

「はいビシャー」

「ぷぁっ⁉」

顔面にお湯を掛けられた。見れば、有希が水面で両手を組んで、即席の水鉄砲を作っている。

「もいっちょ」

「ぶえっ」

有希がぎゅっと両手を握り込んだ瞬間、手の間からビャッと吹き出したお湯が再び襲い掛かってきて、政近は頬《ほお》を引き攣《つ》らせた。

「お前さ……マジでやってること小学生だぞ」

「フッ、お風呂でこれだけ楽しめちゃうあたちの無邪気さよ」

「しゃべりながら撃つのやめぃ」

器用に背後の政近を狙ってお湯を発射し続ける妹の頭にチョップを入れ、政近は手で顔を拭う。

そうすると、自然と視界に有希の裸体が飛び込んできて、政近はいけないと思いながらもまじまじとその体を見てしまった。

「……」

とても均整の取れた、綺麗《きれい》な体だとは思う。だが、政近の意識を捉えたのは……その体の薄さだった。

女性らしい起伏はあるのだが、全体的に薄く、細い。体の厚みなど、それこそ統也《とうや》辺りと比べたら半分くらいしかないのではないかと思うほどに薄い。

（マジで、ちゃんと食ってんのか……？）

本気で心配になってくる政近だったが、そんな兄の顔を見上げ、有希はニヤリと笑う。

「おっ、どうしたんだい？　とうとう、あたしのお腹《なか》の魅力が分かるようになったのかい？」

「いや、その扉はまだ開いてないが」

「このうっすらと浮き上がる腹直筋のラインのエロさが分からないとは、おぬしもまだまだよのう……」

「どこのライン⁇」

「ほらここ、触ったら分かるって」

「いや、それはいい」

いかに妹、いかにお腹と言えど、おいそれと触るのは気が引けてとっさに断る。だが、有希は何やらフッと優しく目を細めると、自分のお腹をゆっくりと撫《な》でた。

「お腹を、撫でてあげてください……喜びますんで……」

「動物園の飼育員さんか何かか？」

なんだか妙に慈愛に満ちた表情で、優しく促すように政近の手を取る有希。触らなければ満足しなそうなその様子に、政近は溜息を吐きながらも妹の薄いお腹をそっと撫で——

「アハハハハハハ！」

……た途端に上がった、けたたましい笑い声にビクッと手を離す。すると、有希はスンッと無表情になって口を閉じた。そして、再度恐る恐る手を伸ばすと——

「アハハハハハ！」

手を離す。スンッとなる。撫でる。

「アハハハハハハ！」

「怖《こ》え——よ!!」

撫でるたんびにクワッと目を見開き大口を開けてけたたましい笑い声を上げる有希に、政近は悲鳴交じりの声を上げた。

「もっとキャッキャ喜ぶんじゃねぇのかよ！　呪いの人形かと思ったわ！」

「いやぁ、流石にちょっと照れが出てしまったよね」

「照れた結果があれなら、俺はお前の精神状態が心配だよ」

「私の半分は優しさで出来ていますが何か？」

「残り半分は？」

「やらしさ」

「別に上手《うま》くないからな？」

「エロくて優しい……あれ？　もしかしてあたし、ラブコメヒロインとして完璧では？」

「ラブコメのヒロインにエロさって必要か？　むしろ、精神的にはウブな女の子の方が求められてると思うんだが」

政近がそう言った瞬間、有希は片目だけ大きく見開いて威嚇するように兄を見上げる。

「それはおめーが処女厨なだけだろうがァァ～～ン!?」

「ビッチはビッチで好きですけどぉぉぉ～～!?」

「てめぇが好きなビッチってのは、童貞をおいしく食べちゃうエッチなおねぇさんのことだろうがぁぁ――――！」

「貴っ様ぁぁ！　なぜそこまで兄の性癖に詳しいぃぃ――――！」

「え、そ、そんなの……」

途端に恥じらい、視線を泳がせる有希。そして、水面に視線を落としながらもにょもにょと答える。

「あたしだって……好きだからに決まってるじゃん……」

「告白するテンションで性癖暴露すんな。というか、お前がエッチなおねぇさんを好きなのはどうなのよ」

「最近、エッチなおねぇさんが、自分にはそのケがないと思ってるツンな女子を百合堕《ゆりお》ちさせる漫画にハマってて な……」

「……なるほどね」

思ったよりマトモな理由だったことに安心するべきか、それともBLに続いて百合にもハマり始めている妹を心配するべきか。

（……まあ、二次元で好きな分には問題ないか。現実と混同してるわけじゃないし……）

少し考え、そう結論付けたところで、有希がグッと拳を握って言った。

「そういうわけで、個人的に乃々亜《ののあ》さんと沙也加《さやか》さんには非常に注目している」

「混同してんじゃねぇか」

「怪しいよねあの二人。沙也加さんにも特に浮いた話はないし、乃々亜さんが沙也加さんに向ける執着には並々ならぬものを感じるし」

「まあ、な……」

「個人的には、沙也加さんに言い寄ろうとする男を、乃々亜さんが陰で消していると言われても驚かないよ」

「……」

有希の冗談交じりのその仮定を、政近自身も否定は出来なかった。毅《たけし》が沙也加を好きと聞いて、手放しで応援できなかった原因のひとつもそこだ。

（どっかのタイミングで、あいつの考えも確認しておかないとな……）

天井を見上げ、そう心に決めたところで、有希がズズッと下方に身を沈ませる。そして、水面辺りから政近の方を見上げて言った。

「ところで、マイスイーテストお兄ちゃん様よ」

「なんだよ」

視線を下げると、有希はニッと笑って手を伸ばし、政近の首元を撫で――

「これ、誰の歯形？」

投げられた質問に、政近は思わずビクッとする。

（あ、やべ。しまった）

お風呂に入る時に湿布を剝《は》がして、そのまま存在を忘れていたそれは……学園祭でアリサに嚙《か》まれた痕。

「……」

見られてしまっては仕方なく、政近はスッと虚空を見て大真面目に言う。

「ゾンビにね、嚙まれたんだよ」

「マジかよ大変じゃねぇか。でもゾンビになってないってことはあれか。お兄ちゃんだけ抗体を持ってるパターンか」

「そうそう、そして意識は人間のまま、筋力は人間を超えるパターン」

「それであれでしょ？　噛まれた女の子を助けるために、抗体を渡すという名目で体液を注入しちゃうんでしょ？」

「そうそう、最初はディープキスでなんとかしようとするんだけど、それでも間に合わなくって結局――って十八禁のエログロパニックもんじゃねぇか！」

「噛まれたおっさんが転がり込んできた場合はどうするんだ……！」

「遺言だけ聞いて楽にしてやる」

「少しは迷えや」

「さぁて、もう十分温まったし、そろそろ出るかな」

「いや行かせねぇよ？」

「フッ、お前に俺を止められるとでも？」

「なんだと、くっ、このっ」

浴槽から出ようとすると、有希が両手両足を突っ張り、全身で押さえ込んでくる。だが、その程度で動きを封じられるほど、政近も非力ではない。浴槽と有希の背中に挟まれながらも、ずりずりと体を抜く。すると、有希は焦りを滲《にじ》ませながらも不敵な笑みを浮かべた。

「仕方がない……この手だけは使いたくなかったんだが……」

そう呟《つぶや》いて手足から力を抜いたので、政近はこれ幸いとサッサと立ち上がる。そうして、何か仕掛けられる前に浴槽から出ようとして――

「天使モード、発☆動」

その発声が聞こえた直後、パシッと左手を掴《つか》まれた。猛烈に嫌な予感と共にギギギッと下を向けば、キラキラと純粋な瞳をした有希と目が合う。

「兄さま？　ちゃんと百を数えてから出ないとダメだよ？」

「ンッぐ」

その瞳に心臓をぶち抜かれ、政近は思わずよろめいた。が、

（いやダメだ！　ここで戻ったら有希の思うつぼだ！）

そう考え、踏《ふ》み止《とど》まった政近だったが……有希がちょうど視線の高さのちょっと上にある政近の一点をまじまじと見つめていることに気付き、即座にしゃがんだ。

「お前ぇ……」

脚を閉じ、恨みがましい目で有希を睨《にら》むが……有希は不思議そうな顔で、政近のそこと自分のそこを見比べるのみ。そして、コテンと首を傾げると、

「兄さま、どうしてもじゃも――」

「よぉっし！　一緒に百数えようかぁ！」

「うん！」

観念した政近が自棄《やけ》のように声を上げると、有希はニコッと笑って頷《うなず》く。そして、ふと思いついた様子で無邪気な声を上げた。

「兄さま！　わたしアヒルさん浮かべたい！　黄色いアヒルさん！」

「いや、そんなのないから」

「じゃあ、兄さまがアヒルさんになって？」

「浮けと？　子供特有の純粋《残酷》か？」

「ううん、アヒルさんになるだけでいいの」

「？　どゆこと？」

「ねぇ兄さま知ってる？　アヒルって、カモを人間が飼い慣らした品種。つまり、家畜なんだよ？」

「何が言いたい⁉」

「兄さまぁ、わたしのぉアヒルになって？」

「お前さては天使じゃねーな？」

「バレたか」

「バレるわ！　というわけで俺はもう出る！」

　そう宣言して浴槽を出て、シャワーで体を流し始める政近を、有希はニヤニヤと眺める。そして、その笑みの裏でそっと胸を撫《な》で下ろした。

（な～んだ、元気そうじゃん）

　学園祭でピアノを披露した上、今日なんだか落ち込んでいるような気配がした兄が、いつもと変わらない様子であることにホッとする。政近は一人にしておくと、ふとした拍子に際限なく落ち込んでいく。そのことを知っているからこそ、少し心配になって様子を見に来たのだが……

（誰かは知らないけど、お兄ちゃんを励ましてくれたのかな？）

生徒会の誰かか、バンドの誰かか、それともそれ以外の誰かか。兄を支えてくれる人が自分以外にもたくさんいることに、有希は誇らしさと嬉《うれ》しさと共に……一抹の寂しさを覚える。

（あの歯形……結局、誰のだったんだろ。まあ十中八九アーリャさんだとは思うけど）

気になるが、これ以上問い詰めたところで、きっと兄は答えないだろう。

「……」

胸の奥に、暗くて嫌～な気持ちが生まれる。それを振り払うように、有希は勢いよく立ち上がり──その瞬間、視界がブラックアウトした。

「う、ぁ……？」

体からザッと血の気が引くのが分かる。立ち眩《くら》みを数倍酷《ひど》くしたようなめまいと共に平衡感覚が消え去り、有希はつんのめるようにして浴槽の縁を摑《つか》んだ。しかし急に前に倒れ込んだせいで足が滑り、浴槽の段差部分に膝下を強打する。その痛みも妙に鈍く、グァングァンと体の芯に響く。

「有希⁉」

切羽詰まった呼び声にわずかに顔を上げると、まるでこの世の終わりのような顔をした兄と目が合った。その深刻な表情が、嬉しいやらおかしいやら申し訳ないやらで……有希は半笑いを浮かべる。

「いや、だいじょぶ。ちょと、のぼせただけ……」

だから、心配する必要はないと。浴槽にうずくまったまま、軽く手を振った……直後、有希はすごい力で体を引っ張り上げられた。

「う、おぇ？」

そのままあれよあれよという間にお姫様抱っこされ、風呂場の外へと連れ出される。

（おおぉお兄ちゃんちっから持ちぃ～）

人生初のお姫様抱っこに微妙に的外れな感想を抱いていると、床に広げたバスタオルの上にそっと体を下ろされた。

「綾乃！　ちょっと来てくれ！」

「いや、そんな大袈裟《おおげさ》に――」

「お呼びです――有希様!?　一体何が!?」

「いや、だからただのぼせただ――」

「綾乃！　救急車だ！」

「っ、はい！」

「いや落ち着け～い」

その後、熱いお風呂でのぼせただけだと必死に説明して、なんとか救急車を呼ばれることは回避したものの……

「……お兄ちゃん様や。そんなに甲斐甲斐《かいがい》しく看病してくれんでもええんやで？　綾乃もいるし」

「病人は大人しくしてろ」

「だから病人じゃねぇわ……」

　自室のベッドに寝かされた有希は、完全に熱中症患者の扱いを受けていた。額に冷却シートを貼られ、綾乃にパタパタと顔を扇《あお》がれながら、政近に差し出されたスポーツドリンクをストローでちうちう飲む。

「というか、たぶんもう治ってるし……心配かけたのは悪かったけど、ここまで大袈裟にされるとあたしも恥ずかしいっていうか……」

「なら、それが心配をかけた罰だ」

「おおぅマジかよ」

　それ以上の反論を封じるように、口元にストローを突き出される。ちうちう。スポドリうめ～～けどもう飽きた。

「せめて髪くらいきちんと乾かしてこようよ……というか、テスト勉強しなきゃいけないんでしょ？」

「どうでもいいわ、そんなの」

「いや、どうでもよくはねーだろ」

「……」

「いやスポドリもういいわ！」

話の合間に隙あらば突き出されるストローを、頭をブンッと振って拒否する。そうしてスッとストローが引っ込められて、ふぅっと息を吐いたのも束の間《つかま》、

「ぶつけたのは右脚のここだけか？」

「え？　ああ、うん」

「そうか、なら後で病院で診てもらおう」

「だから大袈裟にすんな！」

「綾乃、車の手配を頼めるか？」

「畏《かしこ》まりました」

「いらんちゅうに！」

「……」

「だからスポドリはもういい！」

嫌がらせかと思うほど過保護に扱われ、有希は堪《たま》らず飛び起きた。直後、浴槽に強打した右脚がズキッと痛み、軽くよろめいてしまう。

（あっ）

と、有希が思った時にはもう遅かった。

「綾乃！　やっぱり救急車だ！」

「畏まりました！」

「頼むからやめろぉ！」

本気で緊急搬送させようとする兄とメイドを、有希は全力で止める。

そうしている間に、お風呂場で生じた暗くて嫌な感情は、キレイにどこかへ消え去っていた。

第4話

今世紀最大の藪蛇感

テスト期間。全ての中高生にとって苦行とも言える二週間が過ぎた、二学期中間試験明けの土曜日。

政近《まさちか》たちは谷山《たにやま》家のゴッツイ4WDの外車（専属の運転手付き）に乗せてもらい、郊外にある遊園地に来ていた。メンバーは、バンド仲間の六人と、それに加えてもう一人……

「光瑠《ひかる》さんは、絶叫マシーンとか大丈夫なんですかぁ？」

「う～ん、一般的なコースターとかなら大丈夫かな……なんか宙吊《ちゅうづ》りにされるとか、すごい逆さまになるとかじゃなければ……」

「そうなんですね～！　あたしは結構怖がりなんで、そういうの平気な人って憧れちゃうなぁ」

「そう、なんだ。ハハハ……」

目的地に着いて早々に光瑠に張り付いているのは、乃々亜《ののあ》の妹。宮前玲亜《みやまえれあ》であった。

どうやら秋嶺祭《しゅうれいさい》で光瑠に助けられて以来、光瑠とお近付きになりたいと熱望していたらしく……今日は、乃々亜に連れられて参加することになったのだ。

　もっとも、今回の名目はあくまで試験の打ち上げ兼バンドの打ち上げ（第二弾）だ。そこへ、部外者の玲亜を参加させたのには、当然思惑がある。玲亜と、そして沙也加《さやか》には隠されたひとつの目的……毅《たけし》の恋路を応援するという目的のため、あえて玲亜を参加させたのだ。

　沙也加には、玲亜が光瑠に好意を抱いているため、それとなく協力して欲しいと伝えてある。そして、乃々亜は玲亜のサポートに回るとも。すると、自然と光瑠、乃々亜、玲亜の三人が固まって行動することになり、あとは政近とアリサがペアで行動すれば……自《おの》ずと、毅と沙也加がペアになるという寸法であった。で、あった……のだが。

　園内に入って早々に、政近たちは目論見《もくろみ》を大きく外されていた。

「アリサさんは遊園地にはよく行くんですか？」

「いえ、実はこれが二回目で……」

「そうなんですか？」

「沙也加さんは？」

「わたしは割とこういったところが好きなので、年に四、五回は行きますね」

「そうなの？　それはちょっと意外ね」

「よく言われます」

　自然とペアになった沙也加とアリサを見て、政近は心の中で叫ぶ。

（いや沙也加がアーリャから離れねぇ‼）

自然と、三人と四人とに分かれたところまではよかった。だが……沙也加がアリサに積極的に話し掛けるというのは、完全に誤算だった。

結果、先頭を行く顔面偏差値がヤバい三人組。その後に続くオシャレな美少女二人。最後尾をトボトボ付いて行く冴《さ》えない男二人……なんだこの悲しいフォーメーションは。

「(おい毅、このままじゃアトラクションもこの組み合わせで乗る羽目になるぞ)」

隣の毅を横目に見て、政近は小声で懸念を伝える。すると、毅も前を向いたまま小声で応じた。

「(いや、でも沙也加さん楽しそうだし、邪魔するのも……沙也加さんが楽しそうなら、オレはそれで)」

「(もう失恋したみたいになってんじゃねぇか!)」

器用に小声で叫び、政近は先頭の光瑠を視線で指す。光瑠は、微妙に引《ひ》き攣《つ》った笑顔で玲亜と会話をしていた。

「(見ろよ、光瑠だってお前のために頑張ってくれてるんだぞ？　お前は光瑠の献身を無駄にする気か？)」

「(美少女姉妹に挟まれるのが献身かぁ……)」

「(言いたいことは分かるが呑《の》み込め。光瑠にとって女子に言い寄られるのは苦行なんだから)」

「(……まずお前がアーリャさんに話し掛けてくんね？)」

完全にシャイな部分が出てしまっている毅に、政近は呆《あき》れた声を漏らす。

「（お前……）」

無論、その頼みを実行することは難しくない。

アリサもまた、毅と沙也加の親交を深めるという裏の目的は共有しているため、政近が話し掛ければ積極的に協力してくれるだろう。だが……そうしたところで、毅がスムーズに沙也加と話せるとは思えなかった。

（まあでも、最初くらいは手助けしてやるか）

そう考え、政近がアリサに声を掛けようとしたところで、

「あ、皆さん！　よかったらあれに乗りませんか？」

先頭の玲亜がそう声を上げ、タイミングを外される。そして、玲亜が指差す方向を見れば、そこには軽快な音楽と共にくるくると回るコーヒーカップがあった。

「ここのコーヒーカップ、すっごく速く回るって有名なんですよ！　乗ってみません？」

「へぇ～」

「コーヒーカップか……そう言えば小さい頃に乗ったっきりだな……」

特に誰も異論を挿《はさ》むことはなく、玲亜がそう言うならと、全員でコーヒーカップに乗る流れになる。

一個のコーヒーカップにつき定員が四名だったので、自然と宮前姉妹と光瑠、それ以外の四人で分かれることになった。

アリサと沙也加が並んで乗り、アリサの隣に政近、政近と沙也加の間に毅が座る。定員ギリギリなせいか、四人で座ると脚がぶつかりそうになった。毅も沙也加と脚がぶつかりそうになり、ヒュッと脚を引っ込める。

（いや、電車で百点の乗り方みたいになってんぞ）

脚をピッタリ揃え、ピシッと背筋を伸ばして座る毅に、政近は微苦笑を漏らした。そこでプルルルルッという音が鳴り、コーヒーカップがゆっくりと回り始める。

「っと、この真ん中のハンドルを回せばいいのか？」

試しに軽くハンドルを回すと、コーヒーカップの回転速度が少し上がった。

「おっ、速くなった。どうする？　もっと速く回してもいいか？」

「わたしは構いませんが」

「ええ」

「おぉ」

「よし、それじゃ──」

ハンドルを握る手に、ぐっと力を込めたところで、

「きゃぁ～～！」

すぐ近くで玲亜の黄色い声が聞こえ、とっさに声の方へ目を向ける。そして、戦慄した。

「きゃあ～～！　おねえ速いぃ～！」

ぐるぐると高速で回転するコーヒーカップ。その遠心力に振り回された……かのように、

光瑠にべったりと張り付く玲亜。

……いや、実際にそれなりの横Gは掛かっているのであろうが、他二人の体の傾き方を見れば、玲亜がかなり大袈裟《おおげさ》に振る舞っているのは明らかだった。恐らくああ言ってはいるが、乃々亜に速く回すよう頼んだのは玲亜自身なのだろう。その強《したた》かなあざとさに、政近は戦慄する。

（なんつー計算高さだ……これが本物の小悪魔女子……！）

そうして気付いた。ここで思いっ切りハンドルを回せば、こちらでも同じことが起こると。

（あれ？　これ本当に回してもいいのか？）

ささやかながらラッキースケベ的なイベントが発生すると分かっていて、なお突っ走るのは紳士的にどうなのか。だが、回していいのか訊《き》いておいて、回さないのもおかしい気がする。それに忘れてはいけない。今の政近には、毅と沙也加を近付けるという使命があるということを。

（うん、まあ多少のハプニングはあってもいいよな。遊園地だし）

二秒ほどでそう結論を出し、政近はグンッとハンドルを回した。そのまま立て続けにハンドルを回すと、コーヒーカップの回転速度はぐんぐん上がり、座面に押し付けられるようなGと共に、振り回されるような横Gが体に掛かる。そして、ハンドルを摑《つか》んでいない面々はその横Gをモロに食らった。

「きゃっ」

軽い悲鳴と共に、アリサが政近のふとももに手をつき、その感触に政近はビクッと体を跳ねさせる。

（うぉっ、なんだ⁉　なんか――）

女子にふとももを触られるという、あまり経験のない感触に、政近の背筋に妙な感覚が走り抜けた。

「あっごめ――！」

謝罪と共にその手はすぐに引っ込められたが、今度はアリサが体ごと肩に寄り掛かってくる。

二の腕同士が触れ合う感触と共に、ふわりと甘い香りが鼻腔《びこう》をくすぐり、政近はガバッと顔を上げた。そして、正面に座る沙也加もまた、アリサの肩に寄り掛かっていることに気付く。

政近の肩に寄り掛かるアリサ、アリサの肩に寄り掛かる沙也加、百点の座り方の穀。

（オイッ！）

コーヒーカップの縁を摑み、沙也加の方へ倒れ込まないよう全力で耐えている穀に、政近は心の中でツッコミを入れる。

（いや正しい！　紳士的でいいと思うけども！　これだと逆に、なんか俺が居た堪《たま》れねぇ～じゃねぇか！）

これではまるで……政近だけが、この状況を望んだかのようではないか。そう考えている内にゆるゆると回転速度は落ち、アリサと沙也加は姿勢を元に戻した。

【……スケベ】

（ちゃうねん……）

そして、離れ際にボソッとアリサが残したロシア語に、政近は嘆きの声を漏らすのだった。

◇

その後、それからいくつかのアトラクションを回って、昼食時。

手を洗いに行くという名目でトイレに向かった政近と光瑠は、毅を壁際に詰めていた。

「なあお前、やる気あるか？」

「……あります」

「声小《ち》っさ」

いつもの陽気な姿はどこへやら、しょーんと俯《うつむ》いている毅に、政近は溜息《ためいき》を吐く。

何しろこの午前中、毅は沙也加とろくすっぽ会話すら出来なかったのだ。いくらでもチャンスはあったし、周囲のお膳立てで沙也加とペアだって組ませてやったのに。

お化け屋敷では誰よりもビビり倒してて沙也加に心配されていたし、ジェットコースターではすんごい悲鳴を上げて沙也加を引かせていた。基本、心配しかされていない。

「僕がこう言うのも変な話だけどさぁ……もっと玲亜ちゃんみたいにグイグイ行きなよ」

「いや、男と女では話が違うだろ……？」

「ま、それはそう」

玲亜の場合は、もう見ていて感心してしまうほどに光瑠にゴリゴリとアタックしていた。お化け屋敷でもジェットコースターでも、「怖いので手を繋《つな》いでください……」と上目遣いで目を潤ませ、か弱い女の子アピールに加えてさりげないボディータッチをしていた……が、これは基本女子が男子にやっているからこそ成立するアプローチだろう。それが光瑠に効いているかどうかは別として。

一般的には、男子の場合は頼りになるところを見せるか、あるいは一緒に楽しむことで距離を縮めるかのどちらかだと思うのだが、今のところ毅はどちらも出来ていない。

「というか今更だけどさ。お前、遊園地向いてなくね？」

「！」

あまりアトラクション自体を楽しめてなさそうな毅に、政近は冷静にツッコむ。すると、毅は視線を逸《そ》らしながらもごもごと言った。

「いや、だって……みんな、楽しみにしてそうだったしさ……オレもみんなと一緒なら楽しめるかなって」

「……つまり、端《はな》から絶叫マシーンとか全般的に苦手だったってことね」

「毅のそういうところは、本当にいいところだと思うんだけどね……」

　大雑把《おおざっぱ》に見えて友情に厚く気遣い屋な毅の一面に、政近も光瑠もなんとも言えない顔になる。

（せめて、もう少し耐えてればな……こういうのって、上手いこと耐えて耐えて、最後の最後でギブアップして『え⁉ ホントは絶叫マシーン苦手だったの⁉』ってなると好感度上がる気がするんだが……）

　全然耐えられずに心配掛けているようでは、好感度も何もないだろう。しかも、毅自身も自分の情けなさにしょんぼりしてしまっている。これではいいところを見せるどころではない。

「……よし！　苦手なところで勝負しても仕方ない！　少しでも得意なところで勝負しよう！」

　そう考え直し、政近は一計を案じた。そうして、昼食後に向かったのはサッカーボールで行うストラックアウトのコーナー。

「食後にいきなり絶叫マシーンだと気持ち悪くなっちゃうかもしれないし、ここでひとつ勝負をしないか？　ペアを組んで、どのペアが一番少ない球数で全部の的を打ち抜けるか」

　政近の提案に、事前に根回しをしていた面々が頷き、沙也加と玲亜もそれならと頷《うなず》く。

　そしてこれまた根回ししていた通りに、毅と沙也加、光瑠と玲亜がペアを組むことになった。ただ……

「あ、じゃあせっかくですし、一番ダメだったペアはあのフリーフォールに乗るってことにしませんかぁ？」

玲亜の提案で、予定外の罰ゲームが加わったが。

（ま、多少追い詰められた方が毅も頑張るだろ）

完全に他人事のつもりで、一番手に選ばれたアリサ乃々亜ペアを残してストラックアウトのコーナーから出ようとする政近。だが、フェンスの外に出る直前で、背後からアリサに怪訝《けげん》そうな声を掛けられる。

「あれ？　政近君は？」

「え？　俺はボールに嫌われてるからパスだけど」

「どういう理由よそれ」

最初から自分を勘定に入れていなかった政近は当然のようにそう返すが、そこへ玲亜が「ええ～」と声を上げた。

「久世《くぜ》せんぱぁい、罰ゲームがあるからって、自分だけ逃げるのはナシですよぉ」

「いや、別にそういうつもりじゃ……」

「ま、そうだね～。じゃ～くぜっちはアタシらのチームね」

「え～」

乃々亜にがっしと肩を摑んで引き戻され、政近はやむなくストラックアウトコーナーに留《とど》まる。そうして渋々見守る中、アリサが一番から九番まで番号の振られた的の前に立つと、助走をつけてボールを蹴った。

「おおっ」

その美しいシュートに、政近は目を見開く。勢いよく空を駆けるボールは、弧を描きながら真ん中の五番の的へと吸い込まれ――見事にフレームに弾かれて天井に跳ね返り、顔面に直撃した。……政近の。

「ガぇ」

鼻の奥で閃光《せんこう》が爆《は》ぜ、政近は堪《たま》らずその場に蹲《うずくま》る。

「あれま」

「あっ、ご、ごめんなさい！　政近君大丈夫⁉」

アリサに心配そうな声を掛けられ、政近は痛みと涙をこらえて立ち上がると、なんてことない顔をしてアリサと乃々亜に言う。

「な？」

その鼻からつぅっと鼻血が垂れ、アリサと乃々亜は同時に顔を背けた。

◇

「本当に、ごめんなさい……」

「いや、まあ俺がボールに嫌われてるのは前からだから、謝ることはないよ……」

一球目で早々に負傷退場した政近は、アリサと共にストラックアウトコーナーから少し離れたベンチに腰掛け、上を向いて鼻を押さえていた。

「いえ、それもそうなんだけど……その、笑ってしまって……」

「……まあ、気にするな。両方の鼻の穴から同時に鼻血が垂れたら、俺だって笑う」

むしろ、吹き出さずに肩を震わせるに止《とど》めたアリサは頑張ったと思う。だが、一応加害者であるアリサはそれでは気が済まない様子で、思いつめた顔でしばし沈黙した後、政近の腕をトントンとつついた。

「んぁ？」

政近が上を向いたまま視線だけそちらに向けると、アリサが自分のふとももを手で叩《たた》きながら言う。

「ほら……来て？　冷やすから」

「え？」

「さっき買った飲み物がまだ冷たいから、これで冷やしてあげる」

鞄《かばん》から麦茶のペットボトルを取り出し、アリサは再度ふとももを手で叩く。その意味するところを察して、政近は固まった。

「えっと、それは……俗に言う膝枕、というやつでしょうか？」

「……わざわざ言葉にしないでよ」

「いやぁ、こんな公衆の面前でそれは私も恥ずかしいというかですね」

「これはただの医療行為よ」

「便利な言葉だな医療行為」

「も、もう、ほら、いいから」

「お、おぅ？」

　グイッと強引に引き寄せられ、不意を衝《つ》かれた政近はそのままアリサの脚の上に倒れ込んでしまう。途端、頬《ほお》に柔らかなふとももの感触と温かさを感じ、政近は一瞬思考が停止した。直後、再度鼻血が垂れてくる気配が。

（アカン、ここで鼻血出すのはなんか変な意味が生まれるっていうかアーリャの服が汚れる）

　いろんな意味で危機感に衝き動かされ、政近はとっさに体をよじってアリサの脚の上で仰向《あおむ》けになる。

　すると、左耳がアリサの下腹部に当たり、視野の左半分が大きな山脈に遮られた。

（……わぁ）

　なかなかに衝撃的な光景に、知性ゼロな声を脳内で上げたところで、その山脈の向こうから困惑半分羞恥半分のアリサの声が降ってくる。

「あの、もう少し膝側に移動してくれる？」

「ハイ」

　言われるがままにずりずりっとお山の陰から移動すると、タオルを巻いたペットボトルが顔に押し当てられた。

そのひんやりとした感触が思ったより心地よく、政近は目を細める。自分でも気付いていなかったが、どうやらボールのぶつかった箇所がじんじんと熱を持っていたらしい。

「……どう?」

「ああ、うん。気持ちいいよ」

無意識にそう答えてから、政近はハタとこの状況で「気持ちいい」と言うのも、これまた何か意味が生まれるのではないかと気付く。

(あ、いや、まあ膝枕が気持ちいいのはたしかにそうなんだけど、今のはそういう意味じゃ……)

脳内で言い訳じみた言葉を並べるが、実際に口にしたら藪蛇《やぶへび》でしかないので黙るしかない。そのまま、後頭部に触れるふとももの感触を意識しないよう、喉奥に逆流してくる血を飲み下すことに集中していると、アリサが不意にもぞもぞと脚を動かした。

「……なあ、恥ずかしいんなら――」

「別にっ、大丈夫よ……」

ペットボトルで視界が塞がれている政近はともかく、周囲の視線をはっきり認識できてしまうアリサはさぞ恥ずかしいだろう。そう思って声を掛けるも、即座に否定が返ってくる。おまけに、政近が体を起こそうとすると、肩を押さえて阻止してくるのだ。これには政近も観念して、アリサに身を任せるしかなかった。

「……そう言えば、体調はもう大丈夫なの？」

しばしの沈黙の後、投げられた問い掛けに政近は内心首を傾げる。

「何の話？」

「ほら……テスト前に、なんだか少し具合が悪そうだったじゃない」

「あぁ……」

とっさにそう答えてから、政近はしまったと思った。バレないようにしていたのに、今の答えでは白状したも同然ではないかと。

「やっぱり、具合悪かったのね」

「あ～……ま、ちょっとな」

これ以上隠しても無意味だと悟り、政近はアリサの言葉を認める。

実のところ、政近はテスト前に少し体調を崩していた。

しかし、その原因というのは……風呂でのぼせた有希《ゆき》を看病するのに夢中で、自分が湯冷めしてしまったというなんとも言えない内容だったりする。もっとも、熱が出たとかではなく少し頭痛がする程度だったので、学校にも登校していたし平静を装っていたつもりだったのだが。

「ちょっと、頭痛がしてただけだよ……よく気付いたな」

「気付くわよ」

当然と言わんばかりの口調でそう答えてから、アリサはボソッと付け足した。

【ずっと、見てるもの】

（グフッ）

ずいぶんと久しぶりの露出愛語《ロシア》を至近距離で投下され、政近は危うく鼻血を吹き出しそうになる。慌てて鼻血をすすり、血の塊を飲み下してから、政近は真面目な声音で言った。

「ま、ちょっと油断してな……今はもう完全に治ってるから心配しなくていいよ」

「そう」

「ただ、その……悪い。言い訳でしかないけど、今回も三十位以内は少し厳しいかもしれない……」

「別に、いいわよ」

政近の謝罪に、アリサは素っ気なくそう返すと、軽く政近の頭を撫《な》でた。

「政近君は……いつも、私のパートナーとして頑張ってくれてるもの。試験の成績くらい、大したことじゃないわ」

「そう、か……？」

顔を突き合わせていないからだろうか。なんだかいつもより素直で優しげなアリサの言葉に、政近は少し戸惑いながらも、心が安らぐのを感じた。

「ありがとな、アーリャ」

「……」

政近もまた素直に感謝を告げ、しばし穏やかな沈黙が続き……

「あの、政近く――」

アリサがどこか意を決したように声を上げたタイミングで、乃々亜の声が聞こえてきた。

「あれれ、くぜっちどしたん」

「「！」」

その声に二人は同時にビクッとなり、政近はとっさに顔の上のペットボトルをどけると、バッと起き上がった。そして、半眼でこちらを見つめる乃々亜と、ついでに遠巻きにこちらをチラチラ見ている通行人を見て、気持ち大声で説明する。

「いや、ボールが当たったところを冷やしてもらってただけ！　な？」

アリサの方を向いて同意を求めると、アリサはまたしてもビクッと体を跳ねさせ、しどろもどろに頷《うなず》いた。

「そ、そう……あの、私新しいペットボトル買ってくるわね？　これはもうぬるくなっちゃったし……」

「え？　あ、や、別にもう冷やさなくていいぞ～？」

政近の呼び掛けも聞かず、アリサは慌ただしく立ち上がるとそそくさとどこかへ行ってしまう。その背をなんとも言えない表情で見送っていると、「ん～」と首を傾げた乃々亜が、政近の方を向いて言った。

「なんか、邪魔しちゃった？」

「いや、別にそんなことはないが……ストラックアウトの方は終わったのか？」

サラッと話を変えると、乃々亜は気だるそうな顔のままピースをふりふりと振る。

「一人で、アリッサの分も入れて十四球でクリア」

「えっ、的中率約七割？　マジかよスゲーな」

「ま〜ね〜、球技は割と得意だし」

淡々とそう言うと、乃々亜はアリサが座っていた場所に腰掛けた。

「？　向こうの様子は見なくていいのか？」

「あ〜今ヒカルンと玲亜の番だから。アタシがいたら、さやっちアタシとしゃべるっしょ？　したら、タケスィーの邪魔になるかなって」

サラッとそんなことを言う乃々亜に、政近は意外感と共に眉根を寄せた。そして、一旦周囲を確認してから、どこかのタイミングで訊《き》こうと思っていた質問を口にする。

「お前はさ、それでいいのか？」

「何が〜？」

「仮に、毅と沙也加がうまくいって……二人が恋人になっても」

政近の言葉に、乃々亜は特に表情を変えなかった。それでも、政近はなおも乃々亜の顔を注視したまま、慎重に言葉を紡ぐ。

「俺は正直……沙也加に恋人が出来ることを、お前は喜ばないんじゃないかと思ってたんだけどな」

「もっとはっきり言えば〜？　邪魔するんじゃないかと思ってた、ってさ」

「……そうだな」

あえて否定はせずに、政近はじっと乃々亜を見つめる。すると、乃々亜は変わらず無表情のまま、軽く肩を竦《すく》めた。

「別に、邪魔する気はないよ。いいんじゃない？　それでさやっちが幸せなら」

「そうなのか？」

「うん、さやっちが幸せならたぶんアタシも幸せだし」

その、いっそ献身的とすら言える言葉に、政近は思わず絶句する。真顔で瞠目《どうもく》する政近を横目で見て、乃々亜は小さく笑った。

「そ～んな露骨な反応するぅ～？」

「……いや、すまん。まさかお前からそんな健気《けなげ》なセリフが出てくるとは思わんかった」

「あはぁ、くぜっちも大概正直だよね～」

「気分を害したなら謝るが？」

「害してないって分かって言ってるっしょそれぇ～」

語尾にだけわざとらしく不満げなニュアンスを乗せ、乃々亜は宙に視線を向ける。そして、虚空を見つめたまま唐突に脈絡のないことを言った。

「グラスハープ？　だっけ？　グラスに水を入れて、音を出すやつあるじゃん？」

「？　ああ」

「あれさぁ、同じ形のグラスに、同じ量の水を入れておくと共鳴するんだよね～」

「……何の話？」

流石に話が飛び過ぎていて意図が読めず、政近は首を傾げる。そんな政近を見るでもなく、乃々亜は淡々と続けた。

「たぶんアタシのグラスはさ。とんでもなく分厚くて、すっごくいびつな形をしてるんだよ」

「！」

そこでようやく乃々亜の言いたいことが分かり、政近は目を見開く。

「周りのグラスがどれだけ震えようが、アタシのグラスはビクともしない。これでもいろいろ試したんだけどね？　でもダメだったんだぁ……どんだけグラスに衝撃を加えても……すぐ目の前で他のグラスが砕け散ったって、アタシの水面が波打つことはなかった。さやっちにビンタされるまではね？」

当時のことを回想しているのか、乃々亜はうっすらと笑った。そして、驚くほどに優しい声で語る。

「さやっちは、アタシの水面を揺らせる人なんだよ。アタシのいびつなグラスも、さやっちのグラスとだけは少しだけ共鳴が出来る。だから……さやっちが幸せになれば、アタシも幸せになれるんだよ。きっと」

それは、ある種の告白の様だった。どこか冒しがたい神聖さすら感じさせる乃々亜の言葉に、政近は息を呑《の》む。

しかし……その上でなお、政近は親友の恋路を応援する者としてもう一歩踏み込んだ。

「そのためなら、沙也加に……お前以上に大切な人が出来て、お前と一緒に過ごす時間が減っても、構わないのか？」

「んん〜？　そうだねぇ……」

政近の不躾《ぶしつけ》とも言える質問に、乃々亜はくるりと視線を巡らせて思案する素振りを見せた。そうしてしばしの沈黙の後、乃々亜は小さく笑う。

「その時は……アタシにも、寂しさってやつが理解できるのかもね」

いっそ楽しそうにすら見えるその姿。その、横顔に……政近は、人と同じように喜び、悲しむことの出来ない乃々亜の苦悩を見た。

それは、ただの錯覚だったのかもしれない。この少女にも、そのくらいの人間らしさがあって欲しいという、政近の願望がそう見せただけなのかもしれない。でも……

「……」

足元の地面に視線を移し、ガリガリと頭を掻《か》く。そうやって少し逡巡《しゅんじゅん》してから、政近は乃々亜の方を見ずに言った。

「……まあ、話くらいなら聞くぞ？」

ぶっきらぼうにそう言って数秒待つも、返事はなく。チラリと視線を横に向ければ、意外そうに目を見開いた乃々亜と目が合って、政近はすぐにそっぽを向いた。

「お前のことを放置して……毅にトラウマを植え付けられるようなことがあっても困るか

らな」

　自分でも下手な照れ隠しだと思いながら、反対の方を見ていると……不意に、すぐ横に気配を感じた。直後、右腕にするりと腕が巻き付き、ぎょっとして振り返る。すると、息が掛かりそうな距離に愉《たの》しそうな表情をした乃々亜の顔があって、政近は再度ぎょっとした。反射的にのけ反るも、腕をガッチリ抱かれているせいであまり意味はない。

　目の前には、芸能界でもなかなか見ないレベルの美少女の顔。右腕はしっかりとその美少女に搦《から》めとられており、二の腕辺りには胸の感触までしっかりと伝わってくる。だというのに……政近の心臓を跳ね上げたのは青少年の健全な衝動ではなく、生物としての純粋な危機感だった。

（な、なんだ？　ヤバイ、喰《く》われる⁉）

　とびっきりの美少女に腕を抱かれているというのに、気分はさながら猛獣に組み付かれた小市民だった。体が熱くなるどころか、スーッと冷たくなっていく。そのくせ背中の汗がすごい。

「いい……うん、いいね」

　慄《おのの》く政近を前に、乃々亜は瞳を爛々《らんらん》と輝かせ、チロリと舌で唇をなぞった。それがまた肉食獣が舌なめずりしているようにしか見えず、政近はますます危機感を煽《あお》られる。が、そこで乃々亜は更に顔を近付けると、どこか熱っぽい声で政近に囁《ささや》きかけた。

「ねぇくぜっち、試しにアタシのこと殴ってみてくれない？　もしかしたら、揺れるかも」

「なんでだよ⁉」

突然のアブノーマルな要求に、政近は半ば悲鳴のような声を上げる。そして、その意図を理解して戦慄した。

「オイ待て。勘弁してくれ。俺はお前の執着を受け止める自信はない」

「いいの？　殴らないならこのままキスするけど」

「ちょっ、おまっ、マジでやめろ！」

とっさに左手で口元をガードするが、乃々亜の妖しい笑みは止まらず、政近の心臓を強烈な危機感が貫いて――

「なに、してるの？」

耳に届いたアリサの声に、縮み上がっていた心臓が跳ね上がった。振り向けば、そこにはペットボトル入りのジュースを手に呆然《ぼうぜん》とした表情でこちらを見るアリサ。どうしたって言い訳出来ない状況に、流石の政近も言葉に窮する。が、乃々亜は気にした様子もなくアリサに答えた。

「ん？　今ちょぉっとくぜっちを口説いてるとこ、かな」

「く、くど……⁉」

「別にいいっしょ？　くぜっちフリーだし」

「……っ、……」

何かを言おうとして、アリサは言葉を呑《の》み込む。喉の奥で言葉をつかえさせ、険しい顔をするアリサを見て、政近は少し冷静になった。

（いや……思わず固まっちゃったが、これ俺がキッパリ断れば済む話だよな？）

頭の中に、今まで読んだ数々のラブコメ作品の修羅場シーンが蘇《よみがえ》る。そういったシーンで、主人公は大体まごまごするばかりで、女の子たちの機嫌を損ねていた。

（そう……こういった時に修羅場になるのは、男が煮え切らない態度を取るからだ。男がはっきりノーを突きつければ、それで終わる話なんだ）

そう考え、政近は軽く息を吐いてから乃々亜に向き直る。

「乃々亜」

「うん？」

「悪いが、俺はお前を恋愛対象として見ることはまず無理だ。あえてはっきり言わせてもらうが、お前に異性としての魅力は全く感じないんでな」

「そっか、でもそれってアタシがくぜっちを口説かない理由にはならないよね」

「そっか、理由にならないかこれ」

終わらなかった。修羅場続行。

（こいつマジで強いよ……なんなのこいつ、無敵じゃん）

本気でどうしたものかと考え、政近は思い付くままに言葉を連ねる。

「乃々亜、一旦冷静になれ。今回の目的は毅と沙也加、それと光瑠と玲亜さんを仲良くさせることだろ？　俺達が変な感じになったら、それどころじゃなくなっちゃうだろ。特に

「沙也加と玲亜さんが」

沙也加の名前を出せば止まるんじゃないかという、ただそれだけの苦し紛れの説得だったが、意外にも乃々亜は動きを止めた。そうして、ゆっくりと瞬《まばた》きをすると、くるーっと虚空へ視線を巡らせる。

「そう、だね……約束したし」

そして誰にともなくそう呟《つぶや》くと、スッと政近の腕を解放した。そこですかさず立ち上がると、政近はアリサの方へと近寄る。

「ありがとな、わざわざ買って来てくれて。でも、もう鼻血止まったから……」

「あ、うん……」

「いや、気持ちは嬉《うれ》しいよ。お金いくらだった？」

「ううん、そんなのは別にいいけど……」

「いや、こういうのは大事だから」

「元々は、私がボールを当てちゃったからだし……」

「それはさっきの膝枕でチャラだから」

とっさにそう言うと、アリサは少し眉根を寄せてむっとした顔になった。その顔で失言に気付き、政近は言葉に詰まる。

「もうっ、馬鹿」

フンッと鼻を鳴らすと、アリサはペットボトルを政近に押し付けて踵《きびす》を返した。

「……ほら、みんなのところに行きましょ」

「あ、ああ、そうだな」

「りょ～」

アリサに促され、政近たちは微妙に気まずい雰囲気のまま、他の四人と合流すべくストラックアウトのコーナーへと向かう。すると、

「光瑠さんすごいですぅ～。サッカーも上手いんですねぇ～？」

「あはは、ありがとう……」

「ごめん沙也加さん、今日なんか調子悪かった……」

「わたしも全然当てられませんでしたし、謝る必要はないですよ」

そこには光瑠の腕に張り付く玲亜と、肩を落として沙也加に謝る毅がいた。その光景を見て、政近は心の中で力いっぱい叫ぶ。

（負けてんじゃねぇか!!）

そうして、敗者たる毅と沙也加はフリーフォール送りとなり──毅は死んだ。

◇

「まったく……そうなると分かっていたのなら、断ればよかったでしょう。いくら罰ゲームとはいえ」

ベンチでぐったりと頭を垂れる毅に、沙也加は呆《あき》れ気味《ぎみ》に言った。

フリーフォールで完全に魂が抜けてしまった毅が復活するのを待つ間、他の面々は近くにあった観覧車に乗っている。そこで、毅の付き添いでこの場に残った沙也加は、この際ずっと思っていたことを言うことにした。

「そもそも……絶叫マシーンが苦手なら、そう言ってくれればよかったではないですか。別に、遊ぶ場所なんて遊園地以外にもいくらでもあるんですから」

「……いやぁ、みんな楽しみにしてるみたいだったし、オレも、高校生になったことだしイケるかなぁと、思ったんですけどね」

のそっと顔を上げ、力なく笑う毅に、沙也加は溜息《ためいき》を吐く。

「まったく、いつも周りの人を優先して……損な性格ですね」

「……それは、沙也加さんも一緒じゃないっすか？」

「？」

完全に予想外の言葉を返され、沙也加は眉をひそめる。すると、ゆっくりと体を起こした毅が、沙也加を真っ直ぐに見て言った。

「いつも、周りの人をまとめること優先で……全然我を出さないいじゃないっすか、沙也加さん」

思い掛けない言葉に、沙也加は目を見張る。

そうして、毅の視線から目を逸《そ》らして眼鏡を押し上げると、前を向いたまま言った。

「……そうした方が、人をまとめる上で便利だからですよ。私情で周囲を操ろうとする人間を、人は信用しませんから」

沙也加にとって、人を動かすものとは理と利だ。合理と、利益。その二つを突き詰めることで、沙也加は集団においてリーダーシップを発揮してきた。

感情なんていう、合理と相反するものは必要ない。考慮はするが、重視はしない。誰に冷たいと言われようと、沙也加はそのスタイルを変えるつもりはなかった。

(まあ、そうした結果、心で人を動かしたアリサさんに負けたわけですから……とんだ噛《か》ませヒールですね、わたしは)

内心軽く自嘲し、皮肉っぽく笑う沙也加。その耳に、思い掛けない言葉が届く。

「すげぇなぁ……」

心から感心した風なその声に、沙也加が眉根を寄せて振り向くと、毅は慌てた様子で弁明した。

「いや、その……！　そんな風に自分のことを徹底的に抑えて、周りの和を大切にするなんて……普通は出来ないと思うんで。だからその、すごいなぁっていうか。沙也加さんは、優しいなぁと、思って……」

「……」

恥ずかしそうに頰《ほほ》を搔きながら告げられたその言葉に、沙也加は目を見開く。そうしてまじまじと毅を見つめていると、毅は恥ずかしさに耐えかねたように前を向いた。それに釣られるように前を向き、毅の言葉を反芻《はんすう》してから、沙也加はポツリと呟く。

「……そんなことは、初めて言われました」

思い返してみれば、周囲の人間に言われた性格に関する評価など、「冷たい」とか「面白みがない」とかそんなことばかり。能力を褒められたことはあれど、性格を褒められた経験などほとんどない。

だからこそ、沙也加にとって毅の言葉は新鮮で、目が覚めるような衝撃を受けた。そこへ、毅は遠慮がちに続ける。

「学園祭でも、メイド喫茶なんていう沙也加さんからしたら不服そうな企画でも、嫌な顔せず一生懸命やってて……すごいなって」

「……」

毅の言葉に、沙也加は無言で眼鏡《めがね》を押し上げた。なぜなら内心はノリノリだったから。割としっかりメイド長楽しんでたから。嫌な顔？　しないよだってオタクだもの。

そんな沙也加の内心に気付くこともなく、毅は一度唾を呑み込んでから言う。

「でも、オレ達はその、友達なわけで……こういうメンバーでいる時くらい、もう少し我を出すっていうか、エゴ？　そんなもんを出してもいいんじゃないかなぁって、思うわけですよ……」

「エゴ、ですか……」

「そ、そうそう、沙也加さんのやりたいこととか？　もっと積極的にアピールしてもいいっていうか、ほら、今なんてオレしかいないし？　沙也加さんがやりたいことに付き合うよ？　みたいな」

　ちょっとおどけながら早口にそんなことを言う毅に、沙也加は小さく笑う。そして、珍しく微笑みを浮かべたまま、ベンチから立ち上がって毅に言った。

「それじゃあ、付き合ってもらいましょうか？　せっかくですし」

「あ、おう！　任せろ～い」

　沙也加の微笑みに数秒固まってから、毅は立ち上がる。そうして、二人はいつもよりもだいぶ打ち解けた雰囲気で、並んで歩き始めた。

◇

「あれ？　あそこ一緒に歩いてるの……毅と沙也加じゃないか？」

　観覧車の窓から下を覗《のぞ》き、政近がそう声を上げる。その言葉に、政近の対面に座るアリサもそちらへ目を向けると、たしかに毅と沙也加らしき人影が一緒にどこかへ歩いていく光景が見えた。

「へぇ、心配してたけど……なんだかんだうまくいってるのかな」

「……」

　わずかな意外感と共に安心したようにそう言う政近を、アリサはじっと見つめる。脳裏に蘇るのは、光瑠にアタックを掛ける玲亜と、先程政近の腕に抱き着いていた乃々亜の姿。

(そんなにいいものなのかしら、恋愛って)

馬鹿にするでもなく、呆《あき》れるでもなく、純粋にそう思う。

今までも、周りに恋愛している人がいないわけじゃなかった。統也《とうや》と茅咲《ちさき》は言わずもがな。秋嶺祭の前後では、アリサにも分かるほどに学園中が恋愛ムードになっていたし、何年も前に別れた相手をずっと想い続けている姉だって身近にいる。

それでも、アリサが恋愛に興味を持つことはなかった。けれど、こうして友人達までもが恋し恋されている光景を見ると……なんだか自分だけが、一人取り残されているような気分になってしまう。

(何を考えてるのよ……自分は自分、他人は他人でしょ？　恋愛なんて、焦ってするようなものじゃないわ)

そもそもアリサは今まで、恋愛自体をしようと思ったことがなかった。

自分が誰かに心奪われるようなことがあるとは思えなかったし、恋人なんてものが必要とも思えなかったから。

(でも……)

ずっと一人でいいと思っていた自分が、今はこうして友人達と一緒に遊んでいる。そして、それを素直に楽しいと感じている。なら……恋愛というものも、アリサが思う以上に素敵なものなのかもしれない。

（私にも……知ることが出来るのかしら。恋、ってものを）

叶うならば、知りたい。それがそんなにも、素晴らしいものであるならば。

こんな風に考えてしまうのはきっと……乃々亜に言い寄られる、政近の姿を見てしまったからだろう。

毅と沙也加、光瑠と玲亜、政近と乃々亜。この全員がもしうまくいった場合、アリサは一人になってしまう。そう思ったからこそ、どうしようもなく焦燥感を抱いている。

（政近君は、乃々亜さんをきっぱり振っていたけれど……）

だがそれは……政近にもいるからだ。強く、恋い慕う相手が。

そのことを、アリサは秋嶺祭で、政近が弾いたピアノを聴いて思い知った。

（あ──）

不意に、友人達を見下ろす政近の横顔に、その時の政近の表情が重なった。

優しくて、悲しくて……胸が締め付けられそうなその表情に、アリサは思わず身を乗り出して──

「おっ、と⁉」

「！」

ゴンドラがぐらっと揺れ、アリサは我に返る。そして、乗り出しかけた体を椅子に戻した。

「おいおい、急にやめてくれよ……ビックリするじゃんか」

困ったような半笑いでそう言う政近を見て、アリサは数拍置いてから、いつものように悪戯《いたずら》っぽく笑って見せる。

「……あら、このくらいで驚いてるの？　えいっ」

「うわっ」

グンッと後ろに体重を掛けてゴンドラを揺らすと、政近は両腕両脚を伸ばしてバランスを取った。その様子がおかしくて、アリサはまたゴンドラを揺らす。

「ちょっ、やめっ、危ないって！」

「ふふっ、あははっ」

そうして、ゴンドラが地上に戻るまで。子供のような……どこか空元気のような、アリサの悪戯は続くのだった。

◇

「さって、あの二人どこに行ったのかな……」

「特にスマホには連絡来てないね」

「こっちも～」

「ってことは、そんな遠くには行ってないと思うんだが……」

観覧車から降りた五人は、どこかへ行ってしまった毅と沙也加を捜して園内を歩いていた。もし万一いい雰囲気になっていた時のことを考えて、あえて電話は掛けず、足で二人を捜す。そうして、政近が観覧車から目撃した方向に歩くこと数分。

「あ、いた」

二人を見付けたのは……フードコートの端にズラッと並んでいる、ガチャガチャのコーナーだった。

「次はピンク……？　いえ、これは緑……う〜ん、あと二回、いや三回……」

ガチャガチャの側面に張り付き、中を覗《のぞ》き込みながら何やらぶつぶつ言っている沙也加。その足元には大量のカプセルが入った籠。なぜかオタクモード全開になってしまっている沙也加の姿に、アリサと光瑠はぽっか～ん。政近も数瞬意識を飛ばす。

（……てぇっ！）

しかしすぐに我を取り戻すと、慌てて毅の下へ駆け寄った。

「お、おい、毅、これは……」

想い人の隠された一面を見てしまった親友に、政近は言葉に迷いながらその顔を覗き込み――

「ああ、見てくれよ政近……沙也加さん、すっげぇ楽しそう」

「……お前偉いよ。マジで」

どこか透き通った笑顔で沙也加を見つめる毅に、政近は心からの敬意を込めて、その肩に手を置いた。

第5話 キャラ作るんなら恥は捨てようぜ

「それじゃあ、校内アンケートで集まった体育祭の種目を決める……前に、少し報告がある」

中間試験後初の生徒会にて、統也《とうや》がそう言ってチラリと茅咲《ちさき》の方を見た。

「先日の風紀委員会で、秋嶺祭《しゅうれいさい》以来空席になっていた風紀委員長の席に……茅咲が就任することになった。次回の朝礼で正式発表を行う予定だ」

統也の報告に、恐らく事前に聞いていたであろうマリヤを除く四人は、一様に目を見開く。その中で、有希《ゆき》がスッと右手を挙げて問うた。

「それは、更科《さらしな》先輩が生徒会副会長と風紀委員長を兼任される……ということでしょうか？」

「そうなるな。かなり異例のことだが、他に適任者がいないのだから仕方がない」

心底「仕方がない」という風に、肩を竦《すく》める……というか、肩を落とす統也。政近《まさちか》も驚いたのは確かだったが、冷静に考えると納得感はあった。

学園祭で起きた騒動を率先して鎮圧した風紀委員会は、今生徒の間でちょっとしたヒーロー扱いだ。その先頭に立っていた菫《すみれ》は、元々の人気も手伝って完全に救世主と見なされている。彼女が風紀委員長になれば、学園の秩序と平和は守られたも同然……と、多くの生徒が思っているだろう。

　だが、あの騒動の主犯は他ならぬ菫の身内《雄翔》だった。実際のところそこを問題視している生徒は極少数だが、菫自身がそのことを理由に風紀委員長就任を固辞しているのだ。しかし一方で、その菫を差し置いて風紀委員長に就任して、誰もが納得するような生徒もいなかった。ただ、一人を除いて。

（そうか……生徒会副会長って時点で候補から外してたが、更科先輩ならみんな納得するよな）

　茅咲自身があの騒動で大きく活躍したこともあるが、何より風紀委員会を今の武闘派集団に変えたのは茅咲だ。本来なら中等部の頃と同じように二年生で風紀委員長になっていたところ、茅咲は統也の勧誘を受けて生徒会に入り、その意志を継いだのが菫。むしろ、茅咲が風紀委員長になることで、本来の風紀委員会に戻ったという風に見ることも出来る。

「そういうことなら……えっと、おめでとうございます？　で、いいんでしょうか？」

　拍手していいものかと迷って、茅咲と統也を交互に窺《うかが》う政近。すると、茅咲も反応に困った様子で曖昧に笑いながら首を傾げた。

「ん～～どうだろうね？　まあ、実際あたしは名誉顧問？　みたいな感じで、実務は菫に任す感じになると思うんだけど……それでも、多少生徒会に来る頻度は下がるかも？」

「ああ、会長が複雑そうなのはそういう……」

「アハッ、そうそう。まったく、カワイイんだから」

ニヤッと笑うと、茅咲は少し元気がなさそうな統也の肩を拳でうりうりと押す。統也の制服がミチミチと悲鳴を上げる。

「ンンッ、まあそういうわけだ……それじゃあ、種目決めを始めるか」

渦巻状によれた制服を直しつつ、統也がそう宣言すると、役員は手元の資料に目を落とす。そこには、学園内のアンケートで集まった体育祭の種目名とその概要が、ズラッと列挙されていた。

「百メートル走や四百メートルリレーとかの、例年行われてるオーソドックスな競技はあっちのホワイトボードに書いてある通りだ。あれらと被らないような、多少変わり種の競技があるといいんだが……」

「……多少どころじゃない種目が目立ちますねぇ」

政近のツッコミに、一斉に苦笑が漏れる。そして、明らかにネタに走っている競技を口々に取り上げ始めた。

「この〝滝行〟ってなんだよ。どこから滝持ってくんだよ！」

「〝剣舞〟って、これ絶対学園祭の影響だよね？」

「〝かき氷早食い競争〟って、何……？」

「〝逆立ち二十メートル走〟……そもそも、ゴール出来る人がいるのでしょうか……？」

「あの、〝相撲〟という一周回ってアリな気がしないでもない競技が交ざってるんですが……」

「うん、まあその辺りはまだいいんだが……」

みんなでワイワイと盛り上がる中、統也がなんとも言えない顔で言う。

「この〝組手〟とか〝白兵戦〟とか、競技ってよりは訓練って感じの候補は……これは、やはり……」

統也が挙げたもの以外にも散見される、「軍隊か」とツッコみたくなるような種目の数々を見て、他の面々も微妙な顔をする。これらの種目が挙げられている理由も、なんとなく分かるので尚《なお》の事《こと》。

実は秋嶺祭以降、生徒の間で武道への関心が高まっているのだ。中でも特に活躍が目立った剣道部には、季節外れの入部希望者が殺到して大変なことになっているらしい。それだけ、あの騒動はいろんな意味で影響が大きかったということだろう。

楽しい学園祭の最中に起きた暴力事件。繊細な生徒であればトラウマになってもおかしくない事件の中で、同じ学生の身でありながら果敢に侵入者の制圧を行った風紀委員の姿は、多くの生徒に鮮烈な印象を与えた。自身の非力さを実感した生徒ほどその衝撃は大きく、現在征嶺学園《せいれいがくえん》では空前の護身術ブームが巻き起こっているのである。

「これも、その影響か……うぅ～んまあ、精神的なショックで学園生活に支障をきたしたりするよりはよっぽど健全、か」

そう言いながらもちょっと首を傾げる統也に、茅咲が肩を竦めて補足した。

「ま、運動自体は、保健の先生やカウンセラーの先生も勧めてることだし。実際、心身の不調を訴える生徒はいなくなったみたいよ？」

「そうか、それならいいんだが……健全な精神は健全な肉体に宿るとも言うしな」

「そうそう」

満足げにうんうんと頷《うなず》く茅咲。そちらを横目に見て、政近はボソッと言う。

「不安を訴えていた繊細でか弱い彼女が、女子剣道部に入ってメンタル戦闘民族になってしまったっていう男子の嘆きの声も聞きましたけどね」

「……………彼女の新しい一面を発見できてよかったじゃん」

「元の一面が失われてしまったことが問題なんですがそれは」

ついっと視線を逸らす茅咲に、政近はジトっとした目を向ける。実際、「元は花を愛する優しい子だったんだ。間違ってもバラの棘《とげ》を見て『脆弱《ぜいじゃく》……この程度で我が身を守れるとでも？　笑止』とか言う子じゃなかったんだ」という悲しみの声を生で聞いた身としては、どうしてそうなったのか訊いてみたいところであった。

「いや、あたしは部長じゃないし……部員の指導は菫の仕事だし？　あたしに言われてもちょっと……」

「その菫先輩をあんな感じにしたのは更科先輩ですよね？　知ってるんですよ？　菫先輩、入学当初は暴力とは無縁の典型的なお嬢様だったたって」

「あ、あはは～……まあ、ね」

自覚はあるのか、茅咲は気まずそうに視線を逸《そ》らし……資料に目を落とすと、分かりやすく話題転換した。

「あ、〝鋼縫《はがねぬ》いの行《ぎよう》〟なんてのもあるじゃん、なっつかし～」

「？　な～に？　それ」

「ああ、それは『終末の覇道伝』っていう有名な漫画に出て来る修行法で……」

「漫画？　へぇ～そうなの」

政近の返答に、マリヤは何気なく顔を上げ……パチッと目が合った途端、視線を泳がせて資料に目を落とす。そんな反応をされてしまうと、政近まで落ち着かない気持ちになってしまった。

（くそっ、意識しないようにしてたのに……）

胸がざわつくのを自覚し、政近もまた手元の資料に視線を戻す。そんな二人の様子に気付いた素振りもなく、対面に座る茅咲はしみじみと言った。

「いやぁ本当に懐かしいなぁ。あたしもやろうとしたわ～」

「え、ホントですか？」

これ幸いと政近が食いつくと、茅咲は笑いながら頷く。

「ホントホント、フライパンと裁縫セット持ち出してね～」

そう言ってから、茅咲は頭上にクエスチョンマークを飛ばしまくっているマリヤを見て、解説を加える。

「あぁっとこの〝鋼縫いの行〟っていうのは、その漫画の主人公がやった、力の流れを見る修行法で……『この世の万物には気の流れというものがある。それを見抜き、正しい場所に正しい方向で力を加えれば、もはや力は不要。鋼の板を針で縫うことすら容易《たやす》い』っていう……」

「流行《はや》りましたね～俺はリアタイ勢じゃなかったですけど。あの師匠の鎧《よろい》に虎の刺繍《ししゅう》がされてるのは、読んだ時すごくかっこいいと思った覚えがあります」

「思った思った。ほら、あたしあれ読んだ時、自分を変えようとしてた最中だったから……モロに影響受けたよね」

「ああ、魔改造……修行？　してる時に読んだんですか」

「そうそう、奇《く》しくもあれは、チビで筋力が足りない主人公が強くなるための闘法だったじゃん？　当時非力だったあたしにピッタリだと思って……それ以来、気の流れを見れるようになるために、フライパンを凝視する日々だったよ」

「そんな長いことやってたんですか」

「中学までやってたかな」

「思ったより長いことやってたな⁉」

「そう、そして中学に入って、あたしは衝撃の事実を知ったんだよ……無機物に気の流れなんてものは存在しないし、人間の目でそんなものを見ることは不可能だって」

「むしろ、それを知らずによく征嶺学園に入学できましたね」

「あたしはその事実を知って愕然《がくぜん》としたよ……『じゃあ、今あたしの目に見えてるこれはなんなんだ！』ってね」

「見えてんのかい!!」

「まさか、更科先輩が気洞闘法《きどうとうほう》の使い手だったとは……」

「あれ？　有希ちゃん知ってるの？」

「ああいえ、小学校でクラスの男子が盛り上がっているのを見ていまして」

衝撃のあまり、危うくオタバレしかけている有希を見て、政近はサラッと話を戻す。

「ん、まあ更科先輩以外の人は出来ないと思うので、この競技はやっぱりナシで」

「いや、あたしも鋼の板を針で縫うのは無理だよ？」

「あ、流石に？」

「うん。針自体は通せるけど、針孔《めど》のところで糸が玉になって引っ掛かっちゃうんだよね。あれどうすればいいんだろうね？」

「針の頭に糸が一体化してるんじゃないですかね～？」

「ああそっかぁ、なるほど」

「話は変わるが、この〝クラス対抗ドミノ倒し〟は少し面白そうじゃないか？」

「面白そうですけど……外でドミノ並べるのは難しくないですか？　風で倒れますし」

「それに、地面が砂利だと、そもそもドミノが立たないいんじゃないですか？」

「ふむ、それもそうだな」

統也が声を上げたのを皮切りに、他の役員は示し合わせたように真面目に議論を始める。ツッコミは無用だった。

「この〝足つぼ競走〟はどうかしら～？」

「それは、障害物競走の障害物のひとつとして採用すればいいんじゃない？」

「そうですね。ですが、そうなるとレース中に靴を脱ぐ必要がありますが……そこはどうしましょうか」

「詳細は体育祭実行委員会に丸投げでいいと思うぞ？　〝足つぼ競走〟は俺も個人的に興味があるが、何十メートルも足つぼマットを用意するのは大変だろうしな……障害物競走の一部にするって案には俺も賛成だ」

「そっかぁ～。そうね～」

「〝土嚢《どのう》上げ〟は去年もかなり盛り上がってたし、採用でいいんじゃない？」

「そうだな、あれなら他の競技とも並行で行えるしな」

「そうですね」

「この〝ウェイター走〟というのはいかがでしょうか？」

「ウェイター……ああ、これか。グラス載ったお盆持って走る……って、これお前の一人勝ちだろ」

「あははっ、たしかに。でもちょっと面白そうじゃない？　準備も簡単だし」

「そうね〜競走系の競技が足りなそうなら、採用してもいいんじゃないかしら？」

そうやって大体の種目を決定し、一段落ついたところで……ふと有希が声を上げた。

「ところで、今年の出馬戦ですが……」

有希の口から何気なく放たれたワードに、政近とアリサは反射的に警戒心を引き上げる。同時にピクリと眉を動かした二人にアルカイックスマイルを向け、有希は統也に尋ねた。

「出場者は、わたくしとアーリャさんだけですよね？」

「ん？　ああ、そうだな」

「でしたら……どうでしょう？」

前置きを終え、にっこりと笑った有希がパチンと両手を合わせて言う。

「一騎打ちではすぐに勝負が終わってしまいますし、今年の出馬戦は、お互いに三騎ずつの団体戦にしませんか？」

さも、体育祭の盛り上がりだけを純粋に気にしているかのような提案。実際、「一対一では盛り上がりに欠けるから団体戦にしよう」という、その提案自体は至極真っ当なものだ。だが……その提案は、政近とアリサにとってはデメリットしかなかった。

（こいつ……！　こっちが十人も協力者を集められないと分かってて言ってんな⁉）

騎馬が三騎ということは、参加者は双方十二人。既に了承をもらっている沙也加《さやか》と乃々亜《ののあ》を除いても、あと八人協力者を集めなければならない。それだけの数の有力な支持者を集めるのは、元中等部生徒会長の有希には容易くとも、転入生のアリサには困難だった。

(俺の人脈で集めることも出来るが……それじゃあまり意味はないしな。くそっ、嫌な手を打ってくんな！)

内心苦々しく思いながらも、政近は平然とした表情で素早く切り返す。

「たしかに一騎打ちじゃすぐ決着がついちゃうけど、それなら三回戦にすればいいんじゃないか？　二本先取ならはっきり勝敗がつくし、十分盛り上がると思うが」

「流石に三回戦は体力的に大変ではないですか？　仮に落馬で決着がついた場合などは、勝負の続行が困難なケースもあるでしょうし。それに……」

政近の提案を即座に切り返し、有希は頰《ほお》に手を当て眉を下げた。

「……わたくしと綾乃《あやの》、アーリャさんと政近君では、体格差があり過ぎて対等な勝負にならないでしょう。一方的な試合など、それこそ盛り上がりに欠けるのでは？　団体戦なら戦術次第でなんとかなりそうな空気が生まれますし、ちょうどいいと思ったのですが」

(こ、こいつ、自分でそれを言うか！)

堂々と自分達の不利を盾にした有希に、政近は内心歯嚙《はが》みをする。こう言われてしまえば、政近とアリサがどう反論しようと、弱い者いじめをしたがっているようにしか見えない。それに……「対等な勝負にならない」と言われれば、この場のスポーツマンが黙っていない。

「たしかに、有希ちゃんが言うことはもっともだね。流石にこの身長差はフェアじゃないよ」

政近の……そして有希の予想通り、茅咲が頷きながら声を上げた。選挙戦には「生徒会長、副会長は後輩の会長選に干渉してはいけない」という不文律があり、事実統也はそれに従って沈黙しているが、茅咲は純粋にスポーツマンシップに則《のっと》って発言しているのだろう。……単純に不文律を気にしていない。あるいはこの発言が次期会長選への干渉になりかねないと、意識してすらいないという可能性もあるが。

いずれにせよ、副会長が有希の提案を支持したというのは大きかった。

(マズい、掟《おきて》破りな提案をしてるのは向こうなのに、こっちの方が悪者みたいな流れになってきた)

危機感に焦りを覚える政近だったが、そこで、それまで黙っていたアリサが声を上げる。

「マーシャはどう思うの？」

その言葉に、政近はハッとした。

(そうだ、ここはマーシャさんを味方に引き込むべきだ。マーシャさんがこっちに付いてくれれば……)

期待を込めてマリヤの方を向くと、マリヤはマイペースに口元に指を当てる。

「出馬戦って、あれよね？　会長選の候補者が、騎馬戦をするっていう……アーリャちゃんは誰と出るつもりなの？」

「……一応、沙也加さんと乃々亜さんのつもりだけど」

少し有希と綾乃の方を気にしながらアリサがそう答えると、マリヤはぷぅっと頬を膨らませた。

「えぇ～！　なんでわたしに声を掛けてくれないのぉ？　わたしも騎馬戦やってみたい～！」

「ぃ⁉」

政近とアリサの思惑を真っ向からぶち壊すその発言に、政近はぎょっとする。そして、有希はその機を逃さず、すぐさまマリヤを引き込みにかかった。

「あら、マーシャ先輩がそうおっしゃるのであれば、やはり団体戦にした方がいいですね。それならマーシャ先輩も参加できますし」

「あ、そうね～。わたしはいいと思うわ。二人もそれでい～い？」

口の端をしてやったりといった風に吊《つ》り上げる有希と、大真面目に頷《うなず》く茅咲。そして、無邪気な笑みを浮かべるマリヤ。この三人を前にして、政近とアリサは敗北を悟った。

◇

「くっそ、やられたな……」

「仕方ないわよ……実際、団体戦って提案自体には理があったもの」

生徒会が終わった後。教室に戻った政近とアリサは、自分達の席で向かい合って、出馬戦に関する緊急会議を開いていた。

「だが、どうするよ。こうなったら毅《たけし》と光瑠《ひかる》も誘って、Ｆｏｒｔｉｔｕｄｅの四人で一騎組んでもらうとして……マーシャさんの他に、あと五人必要だぞ？」

「そう、ね……」

「誰か、心当たりとか……」

「……」

　駄目元で尋ねるも、アリサは無言で目を逸らすのみ。政近も分かってはいたことなので、それ以上は何も言わずに考える。

「……こうなったらいっそのこと、大人げなくガチメンバー組むか？」

「ガチメンバーって？」

「向こうが誰を連れてこようが負けないよう、運動部で高身長の男子を連れてくるってこと。まあ知名度は度外視するしかないけど、バスケ部でいいなら何人か協力してくれそうな心当たりが――」

「絶対にイヤ」

　話を途中でぶった切る強い拒絶に、政近は思わず目をパチクリさせた。

「……なんで？」

「なんで、って……」

　政近の純粋な疑問に、アリサは口ごもって目を泳がせる。そして、斜め下辺りを見ながら不満げに言った。

【なんであなた以外の男に触られないといけないのよ】

「っ⁉」

不意打ちのロシア語に、政近は危うく噴き出しかける。それを必死に堪えながら、政近はアリサが視線を逸《そ》らしている間に全力で表情筋を引き締めた。

（おまっ、お前なぁぁぁ――‼　なんつ、なんつーこと言うんだお前はぁぁぁ――‼）

脳内で語彙力ゼロの叫び声を上げながら、ギリギリと歯を食いしばる。そして、なんとか不可解そうな表情を取り繕うと、アリサに尋ねた。

「なんだって？」

「……よく知らない男と騎馬を組むのはイヤって言ったの」

「……いや、そうは言ってもだな。土台三人を男で揃えられるっていうのは、俺達の立派なアドバンテージで……」

「私調べたのよ？　騎馬戦の四人騎馬って、後ろ二人の腕か肩の上に、騎手が腰を下ろすんでしょう？　つ、つまりそれって……後ろ二人が、私のお、お尻を触るってことで……」

そこまで言ったところで、アリサはぞわっと怖気《おぞけ》が走った様子で自分の体をかき抱いた。そして、キッと視線を鋭くすると噛《か》みつくように叫ぶ。

「イヤ！　絶ッッ対にイヤ‼」

「（潔癖症かよぉ～）」

学園の男子が聞いたら「そこまで言わんでも……」としょんぼりしそうな激烈な拒否に、

政近は小声でツッコミを入れる。だが、実際そこは問題になりそうだった。

(たしかに、下手な男子だとアーリャにデレデレになって役に立たなくなる可能性はあるか……いずれにせよ、アーリャがここまで拒否するんなら無理強いは出来んな)

軽く肩を竦め、政近は再び考え直す。

「なら、順当にマーシャさんを俺らの騎馬に入れるか……マーシャさんはたぶんそのつもりだろうし。残りの五人は……」

そこから二人で話し合って、ひとまず四人の候補は決まった。

「うん。とりあえず、毅と光瑠含め、その六人には明日にでも打診するとして……俺らの騎馬を担当するもう一人の女子をどうするか……」

そこで政近は、学園内で知名度と影響力を持つ女生徒を何人か列挙した。

「……と、まあ有名どころはザッとこの辺りなんだけど……知ってる人とかいる？」

「生徒会活動で会ったことがある人はいるけど……顔見知り以下ね」

「ま、上級生なんてそんなもんだよなぁ」

全く期待はしていなかったので、政近もあっさり頷く。そして、椅子にぐーっともたれて天井を見上げると、悩ましげに首を傾げた。

「ん～どうすっかなぁ～……」

「……あの人はどう？」

「ん？」

視線を下ろすと、アリサは歯切れ悪く続ける。

「その……手芸部の」

「……ああ、スリットパイセン？」

「そう……というか、私あなたのおかげで彼女の本名知らないのだけど？」

「あえて言うなら十八番目だ」

「はい？」

「なんでもない。まあ、スリットパイセンはスリットパイセンだからいいんだよ」

「よくないでしょ」

ジト目のアリサのツッコミをサラッとスルーし、政近は腕を組む。

「う～ん、そうだなぁ……お願いすればオッケーしてくれる気もするけど、でもスリットパイセンって上級生の中での知名度はそこまでなんだよなぁ。下級生にはかなり知られてるんだけど……やっぱり知名度とか身長とかを考えるなら二年生、出来れば三年生の女子が……」

「……私、上級生に知り合いなんてほとんどいないわよ？　私を支持してくれる人なんて尚更《なおさら》……」

「まあ、そこはもう俺の人脈でなんとかすればいいが……」

「それは――」

「別に、一人くらいは〝俺の支持者〟がいてもいいだろ？　マーシャさん含め、他の協力者はお前の支持者なんだから」

不服そうに口を開いたアリサにそう言うと、アリサは十秒ほど黙考してから、不承不承といった様子で頷く。

「そうね、まあ一人くらいは……」

「うん。とはいえ、お前と全く面識がない相手っていうのもなぁ……うぅ〜ん、お前も面識があって、俺のことを支持してくれそうな人間……それも、ある程度知名度のある女子ってなると……」

しばらく考えて、政近はその条件の厳しさに唸《うな》る。

「難しいなぁ……いかんせん、基本的に俺の支持者ってイコール有希の支持者だから……有希じゃなく俺を支持してくれる人ってなると……」

「やっぱり、そうよね……」

「うん……そうだな、華道部副部長の喜多川《きたがわ》先輩って分かる？」

「え？　……いいえ、もしかしたら会ったことはあるかもしれないけど……」

「そっか……じゃあ、バレー部三年の金澤《かなざわ》先輩は？　あのめっちゃ背の高い」

「見たことはあるけど……話したことはないわ」

「じゃあ……文芸部二年の南浜《みなみはま》先輩は？　ショートカットで背の低い、赤い眼鏡を掛けた……」

「……知らないわ」

「ん〜そっか……」

と、そこで政近は、アリサの視線の温度がギュンギュン下がっていることに気付いた。

「……アーリャ？　どう、した？」

「何が？」

「いや……なんか、目が怖いから」

「別に？　頼りになるパートナーだなと思っていただけよ」

そう言うと、アリサはゆっくりと腕を組み、脚を組んだ。そして、全く目の笑っていない冷笑を浮かべて続きを促す。

「どうぞ、続けて？　他にどんな心当たりの女生徒がいるの？」

「……いや、とりあえずは今の三人だけど」

嘘だった。本当はもう一人浮かんでいた。だが、これ以上口にするのは危険だと直感した政近は、もうここで切り上げることにした。

「ふうん？」

疑わしそうな目で政近をじっと見つめ、数秒してからアリサは肩を竦《すく》める。

「まあ、いいわ」

その言葉に、政近はほっと胸を撫《な》で下ろし——

「それじゃあ今の三人、どういった経緯で仲良くなったのか教えて？」

「え」

「今挙げた三人、何がきっかけで、どうやって仲良くなったの？」

「……それ、重要か？」

「ええ、支持者を増やす方法として、参考にさせてもらうわ」

実に勤勉で殊勝な発言だった。目が容疑者を尋問する警察官のそれでなければ。

「えっと、喜多川先輩は……まあちょっとお試しというか、華道をする機会があって、そこで俺の生けた花を気に入ってくれて……それで少し話すようになった感じで」

「そう」

「金澤先輩は……俺が生徒会の仕事で体育館行った時、たまたまあの人の打ったアタックが俺の頭に直撃して……」

「ふぅ……うん？」

「それで、軽い脳震盪《のうしんとう》になっちゃって……あの人責任感強いから、すごい気ぃ遣ってくれて……そうやって話している内に、まあ仲良くなった感じ？」

「う、うん」

「南浜先輩は、まあ俺とラノベ《本》の趣味が合って、それで仲良くなった感じ」

「……ふ～ん」

政近のざっくりとした説明を一通り聞いたアリサは、なぜかフッと勝ち誇ったような笑みを浮かべた。

【私の方がドラマチックね】

（何が⁇）

真顔で疑問符を飛ばしつつ、政近は気にせず続ける。

「で、どうする？　とりあえず、この三人に声を掛けてみるか？」

政近の問いに、アリサはピタッと動きを止めると、難しい顔になった。そして、十秒ほど悩んでから、嚙《か》み締《し》めた歯の隙間からひねり出すように問う。

「ちなみに、男の人だと誰か候補はいるの？」

「え？　まあいないことはないけど……お前、さっき男は嫌だって……」

「念のためよ、念のため！」

「えぇ～それこそさっき言った、バスケ部の先輩とかになるけど……」

問われるがまま何人か候補を挙げるが、やはりアリサの知っている名前はなく。アリサは苦虫を嚙み潰したような顔で沈黙した。

「それで……どうする？」

なんだかすごく葛藤している様子のアリサに恐る恐る尋ねると、アリサはキリリッと歯嚙みをし、ゆっくりと口を開け――たところで、

「おっ、いたいた。お～い、くっぜくぅ～ん♪」

ガララッと引き戸を開く音に続いて、わざとらしい甘え声が教室に響いた。

二人が同時に振り向けば、長い黒髪をサイドテールにした女生徒が、ぶんぶんと手を振りながら近付いてくる。メリハリのある抜群のスタイルに加え、気持ち短めなスカートか

ら長い脚を惜しげもなく晒《さら》している彼女の制服のリボンは、三年生であることを示す青色。その容姿はさながらアイドルのような明るさと可愛さに満ち、見るからに快活で気さくな美少女といった雰囲気だったが……それに対する政近の反応は、若干疲れたような微苦笑だった。

「えぇ～ちょっとなになにその反応ぉ～エレナ先輩傷付くんですけどぉ～」

「いやぁ……先輩の陽キャオーラに一気にHPを削られましてね……」

「アッハ、な～に言ってんの！　久世《くぜ》くんそんなこと気にしないジャ～ン！」

「ハハハ、まあ一応、オタクの様式美として陽キャにはビビっておかないといけないかなあと……」

バッシンバッシン肩を叩かれながら、政近は棒読み気味に答える。すると、そこでくるりとアリサの方を向いた女生徒が、人好きする笑みを浮かべて言った。

「っと、急にごめんねアリサちゃん。ちょっと久世くん借りていい？」

「あ、はい。名良橋《ならはし》先輩……」

「やん、エレナ先輩って呼んで」

「あ、っと……」

「先輩、アーリャはガチで陽キャにビビる人なんで、手加減してあげてください」

「マジ？　ごめんごめん馴《な》れ馴れしかった？」

「いえ、大丈夫です……エレナ先輩」

「なぁんだ全然イケるじゃんアリサちゃん。よっし、じゃあもういっそ呼び捨てにしちゃおっか」

「距離の詰め方」

「お、いいね～相変わらずいいツッコミ」

政近が冷たい視線と共に放った強めのツッコミに、女生徒はからからと笑ってサムズアップする。

彼女の名前は名良橋依礼奈《えれな》。征嶺学園三年生で、吹奏楽部の部長であり……何を隠そう、先代の生徒会副会長でもある。その縁で、今でも時々生徒会室を訪れては、後輩にちょっかい掛けたり業務を手伝ったりお茶だけ飲んで帰ったりしている。先の秋嶺祭では、学園祭実行委員会副委員長として活躍していた。

（人当たりも面倒見もいいから、吹奏楽部の後輩にはすごく慕われてるらしいし……そもそも元副会長だからなぁ。一応人望はある人なんだけど……）

「いやぁこの学園でエレナ先輩に切れ味鋭いツッコミをする生徒は希少だからね～いいよいいよ、もっと来て！　先輩とか気にせずガンガンツッコんでこ？　あ、ガンガン突っ込むとかごめんね？」

「品性」

「あ、やばい。後輩の冷たい視線で何かに目覚めそう」

「己の愚かさにですか？」

「これが、悟り……？　私の目は今、見開かれました……って、悟ってたまるか～い！

あたしから性欲取ったら何が残るってんだ！」

「食欲と睡眠欲」

「三大欲求の権化じゃんあたし……」

「冗談です。富と人望とキレイなエレナ先輩が残りますね」

「くぅっ、そんなぁ……！　……あれ？　悪くない？」

「むしろいいことかと」

「そっか、じゃあ……って、悟らないよ？」

「別に悟れとまでは言いませんが、もう少し落ち着きは持ってもいいのでは？」

「や～だよ～、あたしまだ女遊びしたいし」

「女遊びて」

「ん～いいツッコミ。いいねぇ～」

妹モードの有希もビックリなセクハラ大魔神ぶりを発揮する依礼奈に、政近は生ぬるい目を向ける。

「そんなにツッコまれたいんですか？」

冷めた声で政近がそう言うと、依礼奈はにへにへと笑ってわざとらしく体をくねらせた。

「えぇ～？　そっ、そ～んな、エレナ先輩が欲求不満みたいにぃ……」

「そっちじゃねぇ」

「あはは……いやぁだって、ねぇ？」

照れくさそうに頭を掻き、依礼奈は貼り付けたような笑顔で明るく言う。

「この学園、ボケを笑顔でスルーする紳士淑女か、あたしがツッコミ役に回らざるを得ない癖つよちゃんばっかりだから。心置きなくボケ役に回れる相手って希少だなぁって」

「気にせずボケ倒せばいいのに……根が真面目だから……」

「ちょっ、根が真面目とか言うなぁ！　違いますぅ～エレナ先輩……いや、エロナ先輩は、破天荒でエッチなおねぇさんですぅ～」

「その割には浮いた話とか全然聞きませんけどね」

「そこはほらぁ、エロナ先輩は特定の相手に縛られるような女じゃないから？」

「はいはい、そういうキャラでやってるんですよね？　エロナ先輩」

「キャラとか言うなぁ！」

うがーっと怒る依礼奈にますます生ぬるい目を向け、政近は本題に入る。

「……で？　何のご用ですか？」

「おぉっといけねぇ、そうだった」

ようやく本題を思い出したという風に表情を改めると、依礼奈はコホンと咳払《せきばら》いをしてから、きゃぴ☆という効果音が付きそうな笑顔で政近に手を差し出した。

「久世くん、あたしと契約して、ハーレム王になってよ☆」

「帰れ」

「なんでだよぉ！」

即答で退去勧告を受け、依礼奈は政近の机をバァンと両手で叩く。

「ハーレム王だぞハーレム王！　男子高校生なら一も二もなく頷《うなず》くところでしょうがぁ！」

「あんたの言うハーレムは吹奏楽部のことだろうが！　そこの王ってことは部長だろ？　俺がなる理由がない！」

「なぁんだ、分かってんじゃん久世くん」

「このこの～」と小突いてくる肘を手で捌《さば》いていると、依礼奈が少し真面目な顔になる。

「ん、ごめん。最初っから説明するね？」

「……はぁ」

「ハーレム王ってのは冗談。久世くんには、吹奏楽部でピアノを担当して欲しいの」

「「！」」

その言葉に、政近だけでなくアリサも少し表情を険しくした。そんな反応を気にした様子もなく、依礼奈は困ったように両手を上に向ける。

「元々ピアノは三年生の子が担当してたんだけどね～その子が外の大学受験するらしくて、この前辞めちゃったのね？　つまり今、吹奏楽部にはピアノがいないワケ。まあ元々ピアノは全部の曲に必要ってわけじゃないし、そもそもみんな吹奏楽部には管楽器やりたくて入ってるから……誰も後を継ぎたがらないんだよね」

「まあ、ピアノ弾きたい人はピアノ部に行きますよね……」

「そゆこと。で、どうしよっかなぁ～と、思ってたところで……ね」

そこで何やら優しい顔でうんうんと頷きながら、依礼奈は政近の肩に腕を回した。

「いやぁ……痺《しび》れましたよ。ね？　まさかこんな近くにこんな逸材がいたとは」

「はぁ」

「というわけで、あたしと契約してハーレム王になろ？」

「なりませんが」

「なぁんで！」

「そうやって契約を迫ってくる相手に悪いイメージしかないからですが。あと、ハーレム王どころか奴隷契約の臭いがプンプンするからですが」

「そぉんな奴隷契約だなんて人聞きの悪い……へへっ、ちょっと一緒に部活動やろうぜ☆って言ってるだけじゃん」

「一度も言ってませんが⁇」

「ぬぅ、手強《てごわ》い……まさか、ここまで拒否られるとは……」

「むしろなんでその勧誘で拒否られないと思ったのか」

政近の呆れ切った視線に、依礼奈は少し表情を改めると、声の調子を変えて言った。

「シャチョサン、カワイイ子、イッパイイルヨ」

「だからなんでその勧誘？」

「本番モ、デキルヨ」

「演奏会の本番ってことだよなぁ⁉」

アリサの前で何言ってくれてんだと眦《まなじり》を吊《つ》り上げる政近に、依礼奈は怪訝《けげん》そうな顔をする。

「久世くん、まさかハーレムには興味がない……？」

「そういう問題じゃない」

「なんでよ、こんなにも誠意を見せてるってゆーのに」

「誠意とは」

真顔で問い返す政近に、依礼奈は口惜しそうな表情でガバッと自分の体を抱いた。

「その目……もっと分かりやすく誠意を示せって⁉　くぅっ！　分かったよ……こうなったら、あたしが部長として一肌脱ぐしか……っ！」

「それはマジでいらん」

「体の対価は体で払えって言うんでしょ⁉　ほら、好きにすればいいじゃない。あたしの食べ頃ボディに青臭い欲望をぶつければいいじゃない！」

「食べ頃……？」

「ピアノを鳴らす分、エレナ先輩を鳴かせればいいじゃない！　エレナ先輩の体で『猫ふんじゃった』を奏でちゃえばいいじゃない！」

「「……」」

「あ、うん。無言でしっかり『こいつ何言ってんだ？』って目をするのは……へへっ、勘弁してくれませんかね？」

冷たい視線の十字砲火に、依礼奈は三下っぽい笑い方をして頭を掻《か》く。その顔を見て、政近は溜息《ためいき》を吐いて言った。

「そう思うんなら、もっと普通に頼んでくださいよ……」

一度もマトモな勧誘をしない先輩に、政近は疲れた表情を浮かべる。すると、依礼奈はピクッと眉を動かし、ふざけた態度をかなぐり捨てると、怖いほどに真剣な顔で政近を見下ろした。

「それはつまり……あたしに頭を下げろってことか？」

「いや、そうじゃなく普通に頼んでくれれば――」

「ハッ！　舐《な》められたもんだねぇ。仮にも元生徒会副会長であるあたしに、一年の平役員風情が頭を下げろってか」

皮肉っぽく口の端を吊り上げ、ケッとばかりにそう吐き捨てると――依礼奈は流れるような動きでその場に土下座した。

「お願いします。吹奏楽部の助っ人《すけと》に入ってください」

「な、なんてプライドのなさ……」

「ねぇぇ～～頼むよぉぉ。あたしの高校最後の演奏会に、久世くんのピアノが欲しいんだよぉ～～！　あたしに出来ることならなんでもするからさぁ！」

とうとう政近の足元に両膝をついたまま腕にすがりつき始めた依礼奈に、流石の政近も罪悪感を刺激される。

「なんでもって言われても……元副会長じゃ、選挙戦に──」

協力できるわけじゃないし、と言い掛けて。政近はハタと気付いた。

(あれ？　でも……出馬戦って、あくまで余興だよな？)

当事者の意識がどうであれ。また、それを見る人がどのように感じようが。

出馬戦はあくまで余興であり、厳密に言えば参加が義務付けられているわけでもない。

で、あるならば……

(元副会長でも参加は……グレーゾーンか。まあ、そもそも不文律は不文律。明文化された規則でもないし……)

つまりは、言いくるめたもの勝ちである。

(それに……)

ピアノと聞いて以来、脳内に居座り続けている母親の幻像に、政近は皮肉っぽく笑う。

(まーちゃんとの過去にも決着をつけたんだ……こっちもそろそろ、吹っ切らないとな)

そう考え、政近とアリサは顔を見合わせた。そして、アイコンタクトで最低限の意思疎通をし、政近はゆっくりと依礼奈に問い掛ける。

「なんでもするって、言いましたよね？」

「え？」

虚を衝《つ》かれた表情で顔を上げる依礼奈を、うっすらとした笑みで見下ろす。

「体で払うって……さっき言いましたよね？」

「え、え……え？」

なんだか不穏な気配をまとう後輩に、依礼奈はバッと立ち上がり、政近とアリサを交互に見てみるみるうちに表情を強張《こわば》らせる。その頬《ほお》が赤く染まり、瞳がじわっと潤んで――

「きょ」

「？」

「今日の下着、可愛くないからぁぁぁ――!!」

「誤解を招くこと叫びながら逃げるんじゃねぇぇ――!!」

両腕で体を庇《かば》いながら、半泣きで脱兎《だっと》のごとく逃げ出した依礼奈を、政近の怒声が追い掛けた。

◇

「……よかったの？」

逃げて行った依礼奈をとっ捕まえ、再開した話し合いを終えた後の教室で、自分の席に戻ったアリサが遠慮がちに政近に尋ねた。

「ん？　まあ土下座までされちゃあね……それに助っ人に入るのは、体育祭後から十二月の演奏会までって話だし……それでエレナ先輩に協力してもらえるなら、安いもんだろ」

アリサの問い掛けに、政近は苦笑しながら肩を竦《すく》める。

結局、依礼奈は条件付きで出馬戦への参加を了承した。もっとも、その条件自体も政近が提案した譲歩なので、依礼奈は政近の条件を丸呑《まるの》みした形だが。そしてその対価として、政近は依礼奈の要望に従って、吹奏楽部の助っ人をすることになったのだ。

「しかし、体育祭終わってからでいいって……つくづく根は真面目っていうか常識人っていうか……学園祭後に来ずに今日来たのだって、テスト期間明けるの待ってたんだぜ、きっと」

表向きの破天荒なキャラに反して気配り細やかな先輩に、政近は含み笑いを漏らす。しかし、アリサは再度尋ねた。

「本当に、いいの？」

「？」

「その……ピアノの助っ人をすること」

政近がピアノを弾くこと。それが、アリサには気がかりだった。怪訝そうにこちらを見てくる政近の表情に少し自信を削《そ》がれながらも、アリサは意を決してひとつの推測を口にする。

「政近君……あまり、ピアノが好きじゃないいんじゃないかって、思ってたのだけど」

それは、秋嶺祭で政近のピアノを聴いて直感したこと。

政近の演奏を聴いて、アリサは最初は「なぜ？」と反感を抱いた。

なぜ、ピアノが弾けることを隠していたのか。なぜ、それだけの技術があるのに、一緒にバンドをやろうとしなかったのか。なぜ、そのくせしてこんなところでその腕を披露しているのか。

そんな駄々《だだ》っ子《こ》のような反発心は、政近の演奏を聴いている内にゆっくりと凪《な》いで……その果てにふと浮かんだ、自身の「なぜ？」に対する答えがそれだった。

政近は、ピアノが好きではない。あるいは、嫌ってすらいるのかもしれない。

ただの直感に近いアリサの推測に……政近は、驚いたように目を見開いた。

（やっぱり、そうなんだ）

その反応で確信を得て、アリサは言う。

「あなたがやりたくもないことを無理にやろうとしてるなら……今からでもやめましょう？　出馬戦の協力者は、また別に探せばいいから」

アリサの言葉に、政近は思案気な表情で視線を逸らす。そして、数秒間の沈黙の後にゆっくりと口を開いた。

「……いや、別にピアノを嫌ってるわけじゃないし、無理もしてないぞ？」

黙考の末に出されたその答えを、アリサは直感的に本心からの言葉だと感じた。だが……同時に、それが誤魔化しであることにも気付いてしまった。

（ああ、また……）

まただ。また肝心なところで政近は、はぐらかして、誤魔化す。アリサがそれ以上踏み込むのを、拒むかのように。

　そうされると、アリサはやはり何も言えなくなってしまう。

（言えばいいじゃない、『じゃあ何が嫌いなの？』って。『じゃあどうして一緒にバンドをしようとしなかったの？』って。訊けばいいじゃない。今）

　心の中でそう思っても、喉が声を発しようとしない。言えば、政近が離れて行ってしまう気がして。何も出来ずに固まるアリサの前で、政近は皮肉っぽく口の端を吊り上げた。

「ま、逆を言えば特に情熱があるってわけでもないからな……そこは少し心配かもな」

「心配？」

「ほら、合唱とか合奏とかって、全員の息を合わせるのが大事って言うじゃん？　どんだけ技術があっても、心がバラバラだとうまくいかない～みたいな」

　いつものようにおどけた調子で、政近は言う。

「だからまあ、俺みたいな特に吹奏楽にも合奏にも興味がない奴がポッと入っても、期待外れで終わるんじゃないかなぁってね。さっきエレナ先輩にはあえて言わんかったけども」

　そう言って偽悪的に笑う政近を見て、アリサは気付いた。

（それで、あなたは……）

　音楽に対する、情熱のなさ。それこそが、政近が一緒にバンドをやろうとしなかった理由なのだと。自分だけ情熱を持たないことが、周りの人の足を引っ張ると思っている。そう気付いて、アリサは自分がつい最近、似たような感情を抱いたことを思い出した。

（恋愛が、分からない私……）

周りの人と同じように、熱くなれる感情を持たない自分。まるで、自分だけが冷めた悪い人間であるかのような孤独感と疎外感……

（それを……あなたも感じているの？）

そう考えた瞬間、アリサの口は動いていた。

「私は、そうは思わないわ」

強い口調で放たれたその言葉に、政近が意表を衝かれたようにアリサを見る。その目を真っ直ぐ見返して、アリサは言った。

「もしかしたらあなたには、音楽に対する情熱はないのかもしれない。でも……」

政近の過去に何があったのかは知らない。だが、政近を近くで見てきたアリサだからこそ、確信を持って言えることがあった。

「あなたは、情熱を持っている人を支えるために、情熱を燃やせる人だと思う。Fortitudeのみんなを支えるために、頑張ってくれたように。私と……立候補するって、決めてくれたように」

椅子から身を乗り出し、政近の手を握る。その心に届けと、一心に政近の瞳を見つめる。

「だから……きっと大丈夫。あなたなら、ちゃんと名良橋先輩の願いを叶えられるから。だから……苦しまないで」

最後の言葉は、自分でもなんでそんな風に言ったのかよく分からなかった。ただ、政近の姿を見ている内に、心の中から溢《あふ》れた言葉だった。

しかし、その言葉を聞いた政近の瞳が揺れるのを見て……アリサもまた、自分の言葉が正しいのだと気付いた。政近は、苦しんでいる。そのふざけておどけた、飄々《ひょうひょう》とした態度の裏で。恐らく、もうずっと……

「っ！」

そう悟った瞬間、アリサは堪《たま》らなくなった。胸の奥がぎゅぅっと締め付けられたように苦しくなって……気付けば、政近を正面から力いっぱい抱き締めていた。

そうして、すぐ横にある政近の耳に向かって、喉の奥からギリギリと声を絞り出す。

「いつか……」

言葉が、途切れそうになる。胸の奥に巣食う恐れが……それ以上踏み込むなと。アリサの喉を締め上げ、口を閉じさせようとする。

それでも、アリサは必死にその恐れに抗《あらが》うと、掠《かす》れた声で政近に囁きかけた。

「いつか……私に、あなたの苦しみを教えてくれる……？」

精一杯の勇気を振り絞ったアリサの問い掛けに、政近は即座に反応を返さない。そうして、アリサにとって心臓を削られるような長い沈黙が続いた後……政近は、小さく頷いた。

その無言の許諾に、アリサの胸に安堵《あんど》と喜びが広がる。再度両腕にぎゅっと力を込め、政近を強く抱き締め……満ち足りた気持ちで、ふと「この勢いで言ってしまおうか」と考えた。

（あれ……今なら、言えるんじゃ？）

このところ、どう伝えようかずっと悩んでいたことを、今ここで言おう……として、直前で「いや」と思い直す。

（どうせなら……出馬戦が終わった後の方がいい、わよね）

そうだ、出馬戦で勝って……それで胸を張って、伝えるのがいい。そのためにも、

（出馬戦、絶対に勝たないと）

決意も新たに前を向いて、教室の入り口からこちらを見る依礼奈と目が合った。

「「！」」

目が合って、二人同時にビクッと体を跳ねさせる。そしてしばし固まり……再起動したのは依礼奈が先だった。

「あ、そのっ、具体的な、あれが、話してなかったなぁって、だ、だから──」

激しく視線を泳がせながらアタフタと言葉を並べ、依礼奈はじわじわと顔を赤くさせると……

「な、なにも見てないっ、誰にもっ、言わないからぁぁ──!!」

殺人現場でも見たかのような叫びを上げながら、脱兎のごとく駆け出した。その背を、

「だから誤解されるようなことを言いながら逃げないでください！」

再起動したアリサの怒声が追い掛けるのだった。

第6話 心臓に悪い先輩と心臓に優しい先輩

「そうですか、周防《すおう》さんがそんなことを」

「ええ。そういうわけで、沙也加《さやか》さんには急遽《きゅうきょ》、毅《たけし》君と光瑠《ひかる》君とで騎馬を組んでもらいたいのだけど……」

翌日、毅と光瑠に出馬戦参加の了承を得たアリサと政近《まさちか》は、休み時間にF組の沙也加を訪ねていた。

アリサから事の次第を聞いた沙也加は、ゆっくりと眼鏡を押し上げて言う。

「それはまあ、構いませんが……それにしても迂闊《うかつ》ですね。まんまと周防さんの思い通りに試合形式を変更されるなんて」

「そう、ね……これに関しては、完全にしてやられてしまったわ……」

顔を伏せて肩を落とすアリサを、沙也加はじろりと横目で見て言い放った。

「落ち込むだけなら誰でも出来ます。今後似たような状況になった時のために、対策を考えるべきでは？」

「……そうね」

容赦なく辛辣な言葉を投げる沙也加に、アリサは反論も出来ずに頷《うなず》くばかり。そこへ、見かねた政近が助け船を出す。

「まあ今回は有希《ゆき》が上手かったよ。あんなド正論を正面から突き付けられちゃ分が悪い」

取りなすように政近が言うが、それに対して沙也加はふんと鼻を鳴らした。

「それでも、相手の提案に唯々諾々と従うことはなかったでしょう。向こうが体格差の不利を盾にしてきたのなら、『じゃあこっちは協力者を女子のみに制限する』とでも言えばよかったのです。元より協力者はわたしと乃々亜《ののあ》だったのですから、何もリスクはなかったはずです」

「……その発想はなかったな」

「仮に団体戦という案を通されたとしても、その代わりにお互いの参加者を事前に開示させるとか……いくらでもやりようはあったでしょう」

「「……」」

淡々と語られる沙也加の言葉に、政近とアリサは何も言えずに目を見張る。

たしかに、沙也加の言う通りだった。

あの時は、茅咲《ちさき》やマリヤまでもが有希に賛同し、完全に流れを持って行かれていたせいでそこまで頭が回らなかった。

政近などは、早くも誰を仲間に引き込むかに頭を切り替えてしまっていたのだが……今冷静に考えれば、何も有希の提案を無条件に呑《の》む必要はなかったのだ。

「……本当にその通りだな。反省する」

「ええ……」

素直に白旗を上げる政近とアリサに、沙也加はまた鼻を鳴らしてそっぽを向く。なんだか、いつにも増して冷徹……を、通り越してどこか不機嫌そうな沙也加に、政近は小首を傾げた。

一方、アリサは真摯に頷くと、沙也加を見つめて言う。

「とても、参考になったわ。あなたが出馬戦に協力してくれて、すごく頼もしい」

「……そうですか」

アリサの言葉に素っ気なく返しながらも、沙也加はしきりに眼鏡をクイクイ。その姿を見て……ひとつの推測が浮かび、政近は頰《ほお》を引《ひ》き攣《つ》らせる。

（いや、でもまさか……）

とっさに自分でその推測を否定するが、しかしもう、そうとしか考えられなかった。

（こいつ……アーリャのチームメンバーの座を他の人に奪われて、拗《す》ねてただけか⁉）

眼鏡を直す仕草で表情を隠しながらも、どこか機嫌がよくなっている沙也加に……政近は中等部時代に抱いていた彼女のイメージがガラガラと崩れていくのを感じ、密《ひそ》かにショックを受けるのだった。

◇

「お待たせしました、か？」

「ううん、そんなことないわよぉ～」

昼休み。マリヤに呼び出された政近は、一人で生徒会室を訪れていた。

扉を開けて中に入ると、しんとした生徒会室のソファに、マリヤが一人で座っている。

「……」

その、先日のマリヤとのやりとりを彷彿《ほうふつ》とさせるシチュエーションに、政近は少し心がざわつくのを感じながらソファへと近付いた。

「えっと、何の用でしょうか？」

「ん……まあ、座って？」

マリヤが示したのは、自分の隣。いよいよテスト前の出来事が連想され、政近は唾を呑む。

(でも……こうして呼び出されたのは、たぶんあの時のことについて話すためだよな)

あの一件以来、マリヤは政近に対して少しぎこちなくなっていた。政近がマリヤに対してぎこちなくなっているのは、遠い日の初恋が再燃してしまったからだが……マリヤがぎこちなくなる理由が、政近にはよく分からない。

（そのことについて話すんだったら……ここで逃げるわけにはいかんよな。俺自身、気持ちを整理したいところだし）

そうやって腹をくくり、政近はマリヤの隣に腰掛けた。そうして、今なお言葉に迷っている様子で、じっと自分の膝を見つめているマリヤを辛抱強く待つ。

すると、時計の秒針が一回りした辺りで、ようやくマリヤが口を開いた。

「その、久世《くぜ》くん、は……」

「はい」

真摯な態度で姿勢を正す政近の方を見て、マリヤは意を決した様子で尋ねる。

「わたしのこと……エッチな目で見ちゃったりする、のよね？」

「……はい？」

あまりにも予想外の質問に、政近は頭が真っ白になった。小首を傾げて固まる政近に、マリヤは慌てた様子で両手を振る。

「あ、違うの！　責めてるとかじゃなくて……その、思春期の男の子って、そういうものだって知ってるから！　だからそれが悪いっていうんじゃなくて……」

尻すぼみの声を小さくしつつ、マリヤは気まずそうに顔を伏せると……突然ガバッと頭を下げた。

「ごめんなさい！　今までそんなこと考えもせずに、その、体をくっつけたりしちゃって……」

そろそろと頭を上げ、マリヤは恥ずかしそうに視線を逸《そ》らしながら言う。

「久世くんも、ああいうことされると……本当は困っちゃうのよね？　その、我慢しなきゃいけないから……気付かずに無神経なことして、ごめんなさい！」

そして、再度頭を下げるマリヤの頭頂部を見ながら……政近は思った。

（な、なんて言えばいいんだ……!?）

地獄だった。思春期男子にとっては、これこそ地獄でしかなかった。

気分はさながら、母親にエロ本見付かった男子高校生。無論、政近にそんな経験はないが……近しい異性に下心や劣情といったものを真正面から指摘されるという点では、この状況も似たようなものだった。

（えっと、謝罪を受け入れればいいのか？　でもそしたらマーシャさんをエロい目で見てるって認めることに……いや見てるけども。正直見ちゃってますけども！　でもそれはマーシャさんも言う通り思春期男子だからしょうがな……）

と、思い掛けて、政近は「いや」と自分で否定した。

（思春期男子とか、それは言い訳か……実際、乃々亜やエレナ先輩には全く下心が湧かないわけだし……）

今まで自覚はなかった。

だが、マリヤに下心を抱いている。それ自体が、政近がマリヤを恋愛対象として認識している何よりの証左であった。が、

(うん、まあそうなんだけど……なんだろ。マーシャさん＝まーちゃんになった今、なんか、すごい罪悪感が……)

美しい記憶の中のあの子を、下衆な欲望で汚しているかのような……今更になって、自分自身のスケベ心に壮絶な嫌悪感が湧いてきて、政近は軽く死にたくなった。

「いや、全然、謝ってもらうようなことじゃないので……頭を上げてください」

胸がしくしくとするような罪悪感から、政近はとにかくこの話を打ち切ろうとする。と、マリヤが急にガバッと顔を上げ、政近はちょっと引いた。

「それでね！　久世くん！」

「お、おぅ」

軽くのけ反る政近に向かって、マリヤは両腕を広げる。そして、頬を赤く染めた真剣な表情で言った。

「お詫《わ》びとして……好きなだけ触っていいよ！」

「……は？」

「これまで我慢させちゃった分……我慢せずに、好きなだけ触って？」

「どうしてそっちに振り切った⁉」

普通、こういうのは「これからは気を付けて、ボディタッチは控えるね」となるところではないのか。なんで積極的にやる方向に行ってしまったのか。なんでよりにもよって、こちらのスケベ心を全肯定するようなことをするのか。

「だ、大丈夫！　久世くんだったら、わたし大丈夫だから！　恥ずかしいけど、頑張るから！」

「いや俺が大丈夫じゃないし頑張らんでいい！」

なんだか真っ赤な顔で目をぐるぐるさせているマリヤに、政近は悲鳴交じりに叫んだ。

（ダメだ。この人考え過ぎて頭パーになってる！）

完全に変な方向に暴走してしまっているマリヤに、政近もなんだか頭がぐるぐるしてきて……

「わかっ、分かりました！　マーシャさんの気持ちは、分かりましたから！」

全く考えの整理がつかないまま、とにかくマリヤを止めるべく、両手を前へ突き出して自分の気持ちを口走る。

「でも、マジ勘弁してください！　マーシャさんのこと、その、そういう目で見てるのは事実なんですが、それに自分ですごい自己嫌悪しちゃってるっていうか、とにかくここでマーシャさん触ったら俺たぶん自己嫌悪で死んじゃうんで‼」

自分でも何を言ってるのか分からないまま、目を閉じて力いっぱい叫び……痛いほどの沈黙が生徒会室に満ちた。時計の針が時を刻む音だけがチクタクと響き……やがて政近の耳に、微《かす》かな笑い声が届く。

その声にゆっくりと目を開けると、どこか安心したようにくすくすと笑うマリヤが見えた。

「……マーシャさん？」

「あ、ううん、ごめんね？　久世くんは、やっぱりさーくんなんだなぁと思って」

「？」

疑問符を浮かべつつも、どうやら暴走は収まったようだと判断して、ゆるゆると両手を下ろす。すると、マリヤは理性的な表情で、改めて政近に頭を下げた。

「ごめんね？　わたし、久世くんが男の人なんだって思ったら、なんか怖くなっちゃって」

「はぁ……えっと、それは……」

下心が、バレたってことですよね？　そんで自分に向けられる下衆な欲望に気付いて、怖くなっちゃったってことですよね？

そう察して、政近は再度死にたくなった。両膝に肘をついて、ズーンと落ち込みそうに……なる前に、マリヤは笑って告げる。

「でも、もう大丈夫。久世くんは、わたしを傷付けるようなことはしない。優しいさーくんのままだって、分かったから」

「えっ、と……」

マリヤの言葉を反芻《はんすう》し、政近は未《いま》だ混乱収まらぬ脳で、ひとつの推測を導き出した。

「もしかして……試しました？　俺のこと」

「ん……ごめんね？　結果的にそういう感じになっちゃったかも」

「結果的に……とは」

　政近の問いに、マリヤは申し訳なさそうに少し眉を下げる。

「久世くんの……男の人の部分に気付かずに、体をくっつけてたりしたのを申し訳ないなって思ったのは本当。久世くんにだったら、触られてもいいかなって思ったのも本当。でも……それでわたし以上に慌てふためいてる久世くんを見てたら、なんだか安心しちゃって」

　くすくすと含み笑いを漏らし、マリヤは愛《いと》おしげに目を細めた。

「久世くんは、やっぱり変わってないなぁって思って……怖くなってた自分がおかしくなっちゃった」

「はぁ……いやでも、その……」

　マリヤから視線を逸らし、政近は頭を掻《か》きながらもにょもにょと言った。

「さっき言った通り、ちょっと困ってるのは事実なんで……これからは、その、あんまり煽《あお》るようなことは勘弁してもらえると」

「ふふっ、は〜い。善処しま〜す」

「それ、しないやつでは？」

「だあって、好きな人にはくっつきたくなっちゃうんだもの〜」

　いつも通りのふわふわとした笑みでそう言ってから、マリヤはちょっと口調を落ち着いたものに変えて続けた。

「でも……そうね〜これからは、なるべく言ってからくっつくようにするわね？」

「くっつくのはやめないんですね……」

「うん。と、いうわけで……」

そして、マリヤは軽く両腕を広げる。なんだか既視感を覚える光景に、政近が頬を引き攣らせる中……マリヤはニコッと笑って言った。

「仲直りのハグ、しよ？」

「……」

マリヤの提案に、政近の脳裏には真っ先に「何が仲直り？」という疑問が浮かぶ。だが、それもマリヤの……天使のような笑顔を見ている内に、どうでもよくなってしまった。

(そう、だよな……俺がさーくんであるように、マーシャさんもまーちゃんなんだから)

きっと、この抱擁に深い意味なんてない。喧嘩《けんか》した子供が、仲直りするための行為と同じ。下心など何もなかったあの頃のように、純粋に軽い気持ちでやればいいのだ。

「はいはい、仲直りのハグですね」

そう思うと気持ちも楽になり、政近は小さく笑いながら身を乗り出すと、軽くマリヤを抱擁する。マリヤもまた、きゅっと優しく政近を抱き締めた。そして、政近の耳元でどこか満足そうに「んふふっ」と笑う。

【やっぱり、怖くない】

安心したように、マリヤは小さくそう漏らすと、
チュッ

「って、ちょっ」

頬《ほほ》に触れた感触に、政近はバッと体を離す。

すると、マリヤは……あの頃には見せなかった、悪戯《いたずら》っぽい笑みを浮かべながら立ち上がり、唇の前に人差し指を立てて言った。

「なるべく、って言ったも～ん」

そうしてパチンとウィンクすると、マリヤは踊るような足取りで生徒会室を出て行く。

その背を見送り……政近はパタンとソファの上に倒れ込むと、肘置きに顔を埋めて叫んだ。

「死ぬわ!!」

◇

その日の放課後。生徒会の仕事を終えた政近とアリサは、体操着に着替えて校舎裏に来ていた。

二人が校舎裏に着いてから程なくしてマリヤが現れ、その数分後に依礼奈《えれな》が現れる。

「おっつかれ～、いやぁ流石にちょっと寒いねぇ」

そう言って半袖の両腕を軽くさする依礼奈に、政近は少し眉を下げた。

「大丈夫ですか？　今日は軽い練習ですし、ジャージを着ても……」

「んやぁ練習してたらあったかくなるでしょ」

「そうですか？　アーリャとマーシャさんも、もし寒ければジャージに着替えてもいいですよ？」

「私は大丈夫」

「わたしも、このくらいなら〜」

「……無理はしないでくださいね」

女性への配慮が足りなかったかと、少し反省する政近。その隣に立ち、依礼奈はアリサとマリヤを見て言った。

「いやぁ、にしても……いいね、体操着」

しみじみとした口調で言われた言葉に、政近は無言で依礼奈の方を見る。すると、依礼奈は口元をにやけさせ、目尻をだらしなく垂らした、今にも「ぐへへ」と言わんばかりの表情で言った。

「いやぁそそりますなぁ……なんかムラムラしちゃっ——」

「エレナ先輩、先に訊《き》いときますが、物理でツッコむのはありですか？」

「え、物理で突っ込むとかそんなド直球な——」

わざとらしく照れる依礼奈の目の前を、政近の手刀がシュバッと通過する。

「……」

「失礼、手が素振りました」

「滑ったんじゃなくて？」

真顔で言う依礼奈に、政近はスッと手刀を掲げた。すると、依礼奈は口元に手を当て、上目遣いで政近を見る。

「あたし、はじめてだから……優しく、してね？」

その頭に、スパーンと政近のツッコミが入った。

「うぅ……ヒドイや久世くん。女の子に手を上げるなんて……エレナ先輩がMに目覚めたらどうしてくれるんだ」

「そん時は責任持ってドMにしてあげますよ」

「うわぁこの後輩鬼畜だぁ！　エレナ先輩をドMにしてどうするつもり⁉」

「放置」

「そんな……ヤリ、捨てぃ⁉」

サラッと下品なことを言う依礼奈の後頭部を、再度スパンと叩く。もっとも手首のスナップで動きを大きく見せているだけで、実際には指先で軽くはたいているくらいなのだが。そこはやはり芸人なのか、依礼奈は頭を押さえて大袈裟《おおげさ》に痛がった。

「うぅ……エレナ先輩のピンク色の脳細胞が……」

「いいから騎馬作りますよ騎馬」

脳が煩悩に染まっている先輩はもう放っておいて、政近はアリサとマリヤに目を向ける。すると、二人はなんとも言えない表情で政近と依礼奈を見ていた。

「……なんすか？」

ちょっと尻込みする政近に、マリヤが唇に人差し指を当てながら、小首を傾げて言う。

「二人共……ずいぶんと、仲良しなのね～」

「はい？　いや、これは仲良しっていうか……」

「久世くんが女の子とここまで気安く話してるの初めて見た……」

「いや、そんなことは……」

有希とだって、普段からこんな感じだ。

とっさにそう考えて、すぐにそれは妹モードの話だと思い直す。となると、たしかに学園でここまで気安い……というか、ぞんざいな態度で接している女子は他にいないかもしれなかった。

「ンンッ、まあ、いいじゃないですか……それよりマーシャさん、その、お腹《なか》出てますよ」

「え？　あぁ……」

体操服の裾からおへそがチラリと出ているのが見え、政近は目を逸《そ》らしながら指摘する。

そして、マリヤが服を直したところで、政近はマリヤに背を向けた。

「それじゃあ、とりあえず騎馬を組んでみましょう。マーシャさんとエレナ先輩は俺と手を組んで、もう片方の手を俺の肩に……そうそう」

前を向いたまま、後ろ手にマリヤと依礼奈と手を組む。そうして気付いた。

（あれ？　これって実質恋人繋《つな》ぎでは……）

そう考えたところで、左後ろから同じ指摘が上がる。

「え、あれ？　やだぁ……これ、恋人繋ぎじゃないですかぁ〜照れますなぁ」

「あら、ホントね〜」

左手の指の間で、依礼奈の指がもにょもにょと恥ずかしげにくねる。マリヤと繋いだ右手が、意味深にキュッと握られる。そして頰に、アリサの冷たい視線が突き刺さる。

「……アーリャ、いいぞ。乗ってくれ」

「……」

その全てに気付かないふりをして、政近はマリヤと依礼奈と共にその場にしゃがむと、騎手であるアリサを迎える体勢となった。そこへ、アリサがマリヤと依礼奈の腕をまたぎ、ゆっくりと体重を掛ける。

「おっふぅ、腕に、アリサちゃんのお尻の感触がァダッ⁉」

「乗ったか？　じゃあ足を手に……」

「いやちょっと待って⁉　なにこれどういう技⁉」

組んだ指をギリギリと締め上げられ、依礼奈が悲鳴を上げる。それに小さく溜息《ためいき》を漏らして手の力を抜くと、依礼奈はホッと息を吐いた。

「痛《い》ってて……危うく久世くんの指テクで逝かされるところだッ⁉」

「ホント懲りないですよねあなた」

「へへ……ボケれる時にボケとくのがエレナさんなんでね……」

「……いいかしら」

「あ、うん」

「あ、ハイ」

呆《あき》れたような冷たい声と共に足先で軽く腕をつつかれ、政近と依礼奈は組んだ手を広げる。すると、そこへ靴と靴下を脱いだアリサの素足がそっと乗せられた。

（ん……なんか、アーリャの素足を触るっていうのも、こう――）

「おっふぅ、アリサちゃんのおみ足ィッ!?」

依礼奈のアホな声で煩悩が消え、政近はスンッと冷静な心持ちで手の位置を調整する。

近くに自分より慌てている人がいると逆に冷静になると言うが、どうやら近くにスケベ心出してる人がいた場合も自分は冷静になるらしい。

「それじゃあ立ち上がりますよ～せぇ～のっ！」

三人で息を合わせ、同時に立ち上がる。

すると、マリヤと依礼奈の手が掛けられ、更にその上からアリサの手が掛けられた政近の両肩に、ズンッと重みが掛かった。

（んっ、これはなかなか……）

「あ、ちょっとこれ……」

「うっ、重た……いや、重たいって言っちゃ失礼なんだけど！」

ちょっとふらつきながらも、なんとか立ち上がる。

「えっと、それじゃあとりあえずこの状態で動いてみましょうか」

そうして、ひとまずその状態で前進、後退、横歩きと、一通りの動きを試してみた。

最初は歩調を合わせるのにも苦戦したが、先頭の政近が声掛けをすることでだんだんと息が合ってくる。

「よし、じゃあ次。アーリャ、ちょっと立ってみようか」

「え……いいの？」

「ああ、実際移動中はともかく、ハチマキの奪い合いになったら立たなきゃいけないしな」

「分かったわ……それじゃあ、行くわよ」

そう言って、アリサが腰を浮かして三人の手の上に立った——瞬間、依礼奈が悲鳴を上げた。

「ちょっ、ちょっと待ってこれマジでキツイ！　手がっ、手が離れるぅぅ！」

その声に慌ててアリサが腰を下ろし、三人は一旦アリサを下ろす。

「ふぅ、あぁ～痛《い》ったぁ～～……これ、立った時の負荷が半端ないね」

「そりゃ、アーリャの全体重が手に掛かりますからね……」

「うん……というか、半分くらいは久世くんのせいだと思うんだケド」

「……エレナ先輩がセクハラ発言するのが悪いと思います」

恨めし気に手をプラプラさせる依礼奈からサッと視線を逸らし、逸らした先でまたマリヤのお腹が出ているのが見えて更に逸らす。

「……マーシャさん、またお腹が出てます」

「あ、ンもぅ」

いそいそと服を直すマリヤに、依礼奈は訳知り顔で頷いた。

「マリヤちゃんおっぱいおっきいもんね。押し上げられちゃうんだよね。仕方ないよ」

「ぐフッ」

あまりにもド直球な指摘に、政近はツッコミを入れることも出来ずにむせる。そうなると、止める人がいない依礼奈は続いてアリサに目を向けた。

「というか、アリサちゃんもかなりおっきいよね……あたしも自分で大きいと思ってたけど、ちょっと自信なくすかも……」

「あの！　男がいるところでそういう話はマジでやめてくれませんかね⁉」

堪《たま》らず顔を背けたまま声を上げると、依礼奈がニヤーッと笑って政近の顔を覗《のぞ》き込んだ。

「んん～～？　そんなことで大丈夫なのかなぁ～？　吹奏楽部はいっつもこんな感じだけど～？」

「……部長のセクハラが横行してるステキな職場なんですね」

「笑顔が絶えない素敵なハーレムですぅ！」

不服そうに唇を尖《とが》らせる依礼奈に、政近は恨みがましい視線をぶっ刺した。そして、意趣返しのようにじっとりとした声で言う。

「ハーレム、ねぇ……」

「ええ、ハーレムですが何か？」

「……吹奏楽部の合宿で女子部員に散々『一緒にお風呂入ろうねぇ～』とか言っといて、いざお風呂の時間になったら一人だけ部屋のお風呂でチャチャッと済ませたってタレコミがあったんですが」

「おいやめろ」

「『今夜は寝かさないぜ』とか言っといて、日付変わる前に真っ先に寝落ちしたってタレコミもあったんですが？」

「やめろぉ！　営業妨害だぞ‼」

うがーっと両手を振り上げ、依礼奈は「違いますぅ～あれはハッスルし過ぎて翌日に疲れを引きずらないよう気を遣っただけですぅ～」などと言い訳する。それをスルーして、マリヤがこそっと政近に尋ねた。

「(え、エレナ先輩って実際はそうなの？)」

「(ああ見えてシャイでナイーブなんですよ。それに、口であれこれ言ってる割にボディタッチとかはあんまりしないらしいですよ？　ほら、根が真面目なんで)」

「そこぉ！　聞こえてるぞぉ！」

「聞かせてるんですよ」

「そんな当ててんのよみたいな……」

「そんなつもりはないんですけどね」

「とぉ〜に〜か〜く〜！　根も葉もない噂を勝手に拡散するなぁ！」

「心配しなくても、あなたが根は真面目な人だって周りの人は大体気付いてますよ」

「だから当選できたんじゃないですか」という言葉を呑《の》み込んで、アリサやマリヤと一緒にどこか生あたたかい目を向けていると、依礼奈は顔を赤くしてプルプルと震え始める。

そして、バッと右腕で目元を隠すと、身を翻して駆け出した。

「うわぁぁぁん！　名誉棄損で訴えてやるぅ！」

「ボイスレコーダーないと無理だと思いますよ〜」

政近の冷静なツッコミにも振り返ることなく、依礼奈はそのまま校舎の角を曲がって姿を消してしまう。

「……え？　まだ練習の途中なのだけど……」

その背をなんとも言えない顔で見送ってから、アリサは困惑した様子で政近の顔を窺った。それに対して、政近はなんてことない表情で肩を竦《すく》める。

「大丈夫だよ。途中で仕事を投げ出す人じゃないし」

そう言った、数秒後。

「あ、戻って来た……」

「ほら、根が真面目だから」

◇

「よくぞここまで辿《たど》り着いた勇者よ」

「もう少し普通におかえり言えんのか」

放課後の秘密練習を終えて帰宅した政近は、リビングの椅子に悠然と腰掛ける有希にジト目をぶっ刺した。そして、周囲を見回して背景に溶け込んでいるメイドがいないことを確認する。

「……今日は一人か？」

「お？　あたし一人じゃ物足りないってか？」

「いや、もう既にお腹いっぱいだが」

「デザートとして綾乃《プリン》を持って来いと⁉」

「綾乃《あやの》と書いてプリンと読ませるな」

政近の鋭いツッコミにケラケラと笑い、有希は何気ない調子で言う。

「にしても、もうお腹いっぱいとは……誰か疲れる人間の相手でもしてたのかい？　例えば……エレナ先輩とか？」

「！」

サラッと投げられた名前に一瞬頬《ほお》を動かしてしまい、政近は自分の失態に気付いた。出馬戦のメンバーが事前に露見しないよう、わざわざ放課後の校舎裏でこっそり練習していたというのに……有希は、全てを見透かしたように不敵に笑う。

「騎馬戦の練習はうまくいったかい？　兄者よ」

「……カマかけだとしたら上手くなったな妹よ」

「カマかけ？　いやいや確信じゃよ。このタイミングで帰りが遅くなるならそれしかないってね」

ニィッと笑ってそう言う有希に、まんまとしてやられた政近は皮肉っぽく笑った。

「で？　今日はその敵情視察に来たのか？」

「ん？　それはついでだが？　別に、相手が誰だろうと負ける気はないし。事前に知る必要なんてないかな」

「……へぇ、言うね。初見の相手でも対応できる自信があるってか」

「舐《な》めないでもらえるかな。あたしだって、少し見れば相手の力量くらいは見抜ける……それこそ、第一話を読めばどの程度エロ推しの漫画なのか見抜けるようにねぇ！」

「それは俺も出来るぞ？　なんだったら冒頭のカラー数ページで見抜ける」

「冒頭のカラーページの肌色率。それが、その漫画の露出度の限界値よ……！」

声を震わせてなんだか達人みたいなこと言い出してる妹に、政近は生ぬるい目を向ける。

「で？　結局何しに来たんだ？」

「は？　何をしに来たってそれはもちろん……」

そこでゆっくりと立ち上がると、有希はテーブルをパシーンと叩く。そして、クワッと目を見開き、兄を睨み上げて言った。

「テスト前に約束したアニメの一気見に来たに決まってるでしょうがぁ！」

「……あぁ」

「お前忘れてんじゃねぇよ！　オマエワスレテンジャネェヨ！」

「いや、今のはちょっと処理落ちしてただけ」

「メモリ足りてないんじゃね？　もっと容量大きいのに替えろよ。ついでに外付けハードディスクで記憶容量増やしとけ」

「USB1・0だからどっちにしろ読み込みに時間掛かるんだよね」

「買い替えろそんなもん」

「それはつまり生まれ直せってことか？」

「そん時はあたしも一緒に転生してやるよ」

「重い」

「転生先のヒロインは前世の妹でした」

「なんかありそうだなそれ」

「そして転生先の妹は前世のヒロインでした」

「急にややこしくなったな」

「ちなみに異世界転生ではなく逆行転生です」

「そして今、今世の妹がヒロインに『返してぇ！　あたしの体ぁ！』と摑みかかろうとしています」

「……ん？」

「急なホラーやめろ！　ゾッとしたわ!!」

「タイトル『俺の妹は妹じゃないのかもしれない』」

「義妹とのラブコメを期待した読者が阿鼻《あび》叫喚《きょうかん》になるぞそれ」

「こういう、タイトルの本当の意味が後で分かる作品。私は好きです」

「俺も好きだけども。それは求めてたのとは違う」

「話を戻すと、アニメの一気見は理由のひとつに過ぎないわけだけども」

「なんだよまだ他に理由があるのか？」

「そんなの、テスト前に体調崩させちまったお詫《わ》びに決まってんだろうが」

そう真顔で言われて、政近は言葉に詰まる。そして、妹の真剣な顔を見て小さく苦笑した。

（まあ、アーリャが気付くんだから、お前が気付かないわけないよな……）

内心自嘲していると、トテトテと近付いてきた有希に至近距離から見上げられる。

「もう、大丈夫？」

「ああ、お前も右脚はもう痛くないか？」

「うん」

「そっか、よかった」

「おう、騎馬戦ではお互いハンデなしで正々堂々戦えるぜ？」

「それは何よりだ」

互いに不敵な笑みを交わすと、有希は少し笑みを悪戯《いたずら》っぽいものに変えて両腕を広げた。

「というわけでお詫びだ。今日は好きなだけ私を愛《め》でるがいい」

「……それ、いつもと何が違うんだ？」

「気分。あ、そだ。せっかくだからあれもう一回やってよ、お姫様抱っこ」

「しかも注文つけてるし……ってか、あれは火事場の馬鹿力みたいなもんで……」

「ほう？　出来ないと？　さっきまでアーリャさんを持ち上げてたのに、あたしは持ち上げられないと？」

「あ〜はいはい。ほら、よっと！」

気合を入れ、政近は有希の肩と膝裏に腕を回すと、その体を一息に持ち上げる。

「うわっほぉ〜い！　おぉ〜すごいすごい！　あははっ高〜い！」

「ちょっ、脚バタバタすんな！」

「よぉっし、アニメの一気見が終わるまでこのままな！」

「腕死ぬわ！」

「出馬戦の前に腕を終わらせておく。これもまた選挙戦……」

「正々堂々どこ行った！」

いつも通りの二人。

日常の何気ないやりとり。

その中で、お互いへの気がかりを晴らし……兄妹は、正々堂々戦うことを確認し合った。

そうして、対決の日は訪れる。

Иногда Аля внезапно кокетничает по-русски

第7話

大玉転がしだったらたぶん事故

十月下旬。秋と言うには首を傾げたくなるような、それでいて運動をする上では最適な気温の中、征嶺学園《せいれいがくえん》体育祭は行われていた。

「……なんというか、面白い光景だな」

生徒会用のテントからグラウンドを眺め、政近《まさちか》は呟く。

『赤組速い！　しかしここで外から差してきたのは緑組の東山《ひがしやま》選手。素晴らしい伸び脚だ。東山選手伸びる。東山選手伸びる。差したぁ——！　一着は緑組の東山選手！』

「いや競馬実況か」

「競馬……？　政近君、あなたまさか……」

「なんか誤解してるっぽいけど違うよ？　競馬のゲームをやってるだけで、実際の競馬はやってないよ？」

明らかに悪ノリしている放送部員にツッコミを入れた途端、隣のアリサに疑いの目を向けられ、政近は慌てて弁解する。

「というか、あの放送部員も絶対同じゲームの影響受けてるだろ……まあ、観客にはウケてるっぽいけどさ」

教師陣と放送部員が詰めている実況席のテントにジト目を向けると、先程まで政近が見ていた競技の方で動きがあった。

『あ〜っと！　ここで柔道部三年の佐崎《ささき》選手、土嚢《どのう》を落としてしまいました！　佐崎選手、ここで脱落！　記録は八分二十七秒です！』

そのアナウンスに視線を戻すと、一人の大柄な男子生徒が無念そうに観客席に戻っていく光景が目に入ってくる。同時に、脱落者が去った後も微動だにせず立ち続ける屈強な男達の姿も。更に、ズラッと並ぶ屈強な男達の背後を、全速力で駆けて行く女生徒たち。

「う〜ん、シュール」

時間無制限の土嚢上げはいつまで掛かるのかが未知数だったため、他の競技と並行して行われているのだが……結果、トラックの外周にズラリと並ぶ筋肉自慢の男子達。その背後で、爽やかな汗を流す女子達という、なんともアンバランスな光景が現出していた。

『さぁ十分が経過して残りは十三名！　最後まで残るのは誰になるのでしょうか！』

「……会長、頑張ってるなぁ」

柔道部やラグビー部といった、筋力とスタミナに絶対の自信を持つ運動部の力自慢に交じって、今なお残り続けている統也《とうや》。しかし、既に握力が限界に近いのか、袋の端を握る手の中を、じりじりと土嚢が滑り落ちている。

「うわぁつらそ〜……ほとんど指先で握ってるぞ……」

「持ち直したいところでしょうけど……ちょっと手を離したら落としてしまいそうね」

「だな……」

そろそろ脱落かと、思ったその時。体育祭実行委員会の手伝いをしている茅咲《ちさき》が、統也の前を通った。そして、統也の方を見て何かを言う。すると、

「お、おぉ？」

恋人から声援を受けたらしい統也が、弾みをつけて右手を離したかと思うと、素早く土嚢の下に潜り込ませた。同様に左手も土嚢の下へと潜り込ませ、手のひらで土嚢を支えるように両腕を突っ張る。

『おぉ～っと剣崎《けんざき》会長！　ここでなんと持ち方を変えました！　かなりアンバランスなように見えますが大丈夫でしょうか⁉』

実況の言葉に、アリサも難しい顔で言う。

「たしかに、あれなら握る必要はないけど……」

「いやでも、土嚢って中で砂が動くし……前後どちらかにバランスが崩れたらアウトだぞ」

「そうよね……」

それは分が悪い賭けではないかと、懸念する政近とアリサ。だがしかし、後輩達の悲観的な予想に反して、統也はその状態で土嚢を保持し続け——

『あぁ～！　上泉《かみいずみ》選手ここで落としてしまったぁ～！　優勝は剣崎会長！　生徒会長が意地を見せたぁ～‼』

「「「「おおおぉぉぉ〜〜!!」」」」

観客席から大きな歓声と拍手が送られる中、土嚢をその場に落とした統也が勝利の雄叫《おたけ》びを上げる。そこへ茅咲が駆け付け、統也とハイタッチを交わした。

『更科《さらしな》副会長からの祝福のハイタッチです！　剣崎会長の腕にとどめを刺します！』

実況の言葉に笑い声が上がり、茅咲から実況席へ威圧が飛ぶ。しかし流石に場を弁《わきま》えたのか、茅咲は早々に実行委員の手伝いに戻り、統也も生徒会のテントへ戻って来た。

「おめでとうございます会長、かっこよかったです」

「おめでとうございます」

「おお、ありがとう」

拍手で迎える政近とアリサに、統也は疲労のにじむ顔に笑みを浮かべて答える。

「持ち方を変えた時点でもう無理かと思ったんですが……よく耐え切りましたね」

「いやぁ、最後は本当に気力の勝負だったな。まあ、優勝できたのは加賀美《かがみ》や西條《さいじよう》先輩が出てなかったのも大きいと思うが」

少し不可解そうな顔をしながら統也が挙げたのは、この学園の運動部ではトップレベルの知名度を持つ二人。この二人は、企画段階ではこの土嚢上げの優勝候補であった。

加賀美はラグビー部で絶対的エースと言われている、爽やかイケメンなラガーマン。西條は柔道部主将を務める全国レベルの選手で、朴訥《ぼくとつ》ながらとても紳士的な生徒として知られている。両者共に、女子にもよくモテており、学園での知名度は雄翔《ゆうしよう》にも引けを取らない生徒だった。……というかぶっちゃけ、男子からの好感度で言えば雄翔よりもだいぶ上だったりする。

「……まあ、正直俺もあの二人が出なかったのは意外でしたけど……単純な筋力勝負には興味がなかったんじゃないですか？　いずれにせよ、運動部に交じってきっちり優勝したんですからすごいですよ」

「ありがとう。まあこれで、茅咲の恋人として恥じない結果は残せたかな」

そう言って満足げに笑う、統也の背後に。

土嚢を七段積みにして運ぶ茅咲の姿が見えたが、政近は見なかったことにした。

「そ、ですね。更科先輩もハイタッチしてましたし。きっと会長のこと、頼もしく感じたと思いますよ！」

「そうか？　それなら頑張った甲斐《かい》があったな。ハッハッハ」

見えてない。実行委員に台車を差し出されて、笑顔で片手を振りながら辞退してる茅咲の姿なんて見えてない！　実況もあそこには触れてないし！

「（あの、政近君……）」

「（俺は何も見てない）」

「（……そうね）」

アリサも、政近に倣って見てないふりをした。統也が筋肉的な意味で恋人に頼られる男になる道はまだまだ長い。

『さぁ〜続いては教員リレー！　それぞれの組の、各学年各クラスの担任の教師がバトンを繋ぎます！　赤組、第一走者は一年A組の千田川《せんだがわ》先生！　夏休みから取り組んでいる禁煙の効果は出るのでしょうか！　青組、第一走者は一年C組の田畑《たばた》先生！　最近年下の彼氏が出来たそうです！　緑組、第一走者は一年E組の小日向《こひなた》先生！　冬でも冷水しか飲まないそうです！　黄組、第一走者は──』

選手紹介と共にサラッと暴露される教師陣のプチ情報に、観客席がドッと沸く。

政近も一緒に笑っていると、プログラムを確認したアリサがスッと席を立った。

「次の次が仮装競走だから、私はもう行くわ」

「あ、そうか。いってら」

「おお、頑張れよ」

立ち去るアリサを見送ったすぐ後に、体育祭実行委員の一人が声を掛けてくる。

「すみませ〜ん、玉入れの準備手伝ってもらっていいですか〜？」

「お、分かった」

「いやいや、会長は休んでてくださいよ。俺が行ってきますから」

統也を席に座らせ、政近は実行委員のヘルプに向かった。

「……ん？　玉入れ？」

その競技名を、深く考えずに。

◇

「ヒドイ目に遭った……」

玉入れの準備をした後、流れで競技の手伝いもすることになったのだが……案の定散々だった。

政近が任されたのは、玉入れの籠のポールを手で支え、競技後に玉の数を数える係。ポールを支えるということは、籠の直下に自分が入るということ。そしたらま～降ってくるわこれでもかとばかりに玉が。顔を伏せていたらゴスゴスと後頭部に玉が当たるので、いっそのこと顔を上げたらなぜか真横から思いっ切り頰《ほお》に玉が当たった。誰かが何かの拍子に玉を蹴っ飛ばしたのだろうと思ったが、その後も何発か真横から玉が飛んできたのはどういうことか。どうか故意ではないと信じたい。

「うん、まあ籠が破れて玉が降ってこなかっただけマシだな！」

政近が悲し過ぎる慰めを自分に掛けていると、実況が次の競技の開始を告げる。

『続いては、仮装競走です』

そのアナウンスがされた途端、観客席が一際盛り上がるのがよく分かった。

仮装競走。各クラスから男女一名ずつ出場する、ぶっちゃけコスプレ大会だ。そして、こういう競技ではどのクラスも、大体見目麗しい生徒が推薦されるもので……スタートライン手前の選手の待機場所には、政近の見知った顔がいくつも見えた。というか、一年生女子の半数は選挙戦関係者だった。

(まあ、こんなん勝敗なんてあってないようなもんだけど……有希《ゆき》も出る以上、アーリャは勝ちに行くだろうなぁ。頼むからこけて怪我《けが》だけはしないでくれよ~?)

実行委員の手伝いとしてゴールラインで待機しながら、政近は遠くに見えるアリサにそう願った。そうしている間に、早速一年生女子がスタートラインに立ち、ピストルの音に合わせて一斉に走り出す。

「おぉ~さっすがアーリャ。速いなぁ」

先頭はアリサ。その後ろに有希。それ以外はほとんど差が付かないまま、一行は真っ黒いビニール袋がいくつも置かれた場所に辿《たど》り着いた。

『さぁ! 仮装が置かれた場所に着きました! ここでの選択が命運を分けます!』

当然、仮装によって着替えに掛かる時間や走りやすさが全然違う。ここでほとんど勝負が決まるとすら言えるが、とりあえず政近としては、アリサが走りやすい衣装を引くことを祈るだけだった。

政近が見守る中、アリサたちは各々ビニール袋を手に取ると、コースの途中に張られた巨大な暗幕の中に入って行く。

『全員お着替えゾーンに入りました! さぁて、最初に出て来るのは一体誰になるのでしょうか!』

なお、暗幕の中には衣装を用意した手芸部の部員が数名待機しているため、一人で着替えられない衣装でも安心……とのことだ。そもそもそんな衣装を用意するなとも言いたくなるが、一応手伝いを用意することで、着替え時間にあまり差が付かないようにしているらしい。

そして数分後、暗幕の中からひとつの人影が飛び出した。

『おお！　最初に飛び出したのは……』

陽光を受け、銀の髪がなびく。

『九条《くじょう》選手です！』

「っし！」

観客がわぁっと盛り上がる中、政近もガッツポーズをする。そして、

「ん？」

改めてアリサの格好を見て、眉根を寄せて固まった。

青春の香りを漂わせる、白のセーラー服。肩から提げられた青い学生鞄《かばん》。そして……その口元には、一枚の食パン。

『おおっとこれはぁ!?　セーラー服、否《いや》！　古き良き少女漫画の主人公コスプレだぁぁ――!!』

実況のアナウンスに、観客席から笑い声が上がった。一方、明らかになんのことか分かっていない様子で、しかし律儀に食パンを咥《くわ》えたままアリサは走る。

風になびく銀髪、跳ねるスカート、ブィンブィン揺れる食パン。ついでに、明らかに丈が短いセーラー服の裾からチラチラ白いお腹《なか》を覗かせながら、アリサがコーナーに差し掛かると、一部の観客が謎の盛り上がりを見せた。

「曲がり角だ！　曲がり角だぞ！」

「一体、誰とぶつかるんだ……!?」

何かを期待した妙な視線が集まる中、特にアクシデントが起こることもなく、アリサはトラックを駆けて行く。と、そこでようやく二人目の走者が暗幕から飛び出した。

『おぉっと、ここで現れたのは……ぁあ？』

一瞬テンションが上がった実況の声が、すぐに困惑の色に染まる。無理もない。なぜなら現れたのは……仮装というか、着ぐるみだったから。

紙とビニールで作られたらしき、なんとも間抜……愛嬌《あいきょう》のある顔をした、恐竜らしき張りぼて。その首の辺りから覗いている、無表情な綾乃《あやの》の顔。

『えっと、君嶋《きみしま》選手……ですね。これはティラノサウルス？　なんでしょうか？　どうやらかなりハズレの仮装を引いてしまったようです！』

判断に迷いながらも、気を取り直して盛り上げようとする実況。その中で、

「！　っ！」

綾乃サウルスが、短い脚で一生懸命走る。張りぼての頭をグワングワン揺らし、しっぽをブンブン振りながら。それでも全然スピードは出ていなかったが、ちょこちょこと走る

その姿に、観客席からは笑い声と女子の黄色い悲鳴が上がった。

「綾乃ちゃんンがわいいぃい――!!」

「持って帰りたぁい!!」

「こっち向いてぇぇ――!!」

完全にマスコット扱いであった。

と、それを追って、ピンク色の人影が暗幕から飛び出した。

「うぅっわ、あれはヒドイ」

現れた後続の姿を見て、政近はドン引き半分同情半分の声を上げる。なぜなら、そのピンク色の人影は……本当に全身ピンクだったから。全身を包むピンク色のボディスーツ、そして何やら角っぽいものが生えたヘルメット。

『おぉ!? あれは……何戦隊の何ピンクなんでしょうか? 分かりません! というか、誰なのかすら分かりません!』

実況と共に、観客席からも笑い半分驚き半分の声が上がる。しかしそこで、ピンクの戦隊ヒーロー(ヒロイン?)が綾乃サウルスを猛追し始めると、そのコミカルな追いかけっこに観客席は爆笑に包まれた。

「ヒーロー速《は》ぇー!」

「逃げて! 恐竜さん超逃げて!」

歓声と声援が上がる中、政近も苦笑交じりに呟く。

「いや、あれマジで誰だよ。有希……ではなさそうだけど、まさか乃々──」

その懸念は、すぐに否定された。

『おっ、続いて現れたのは……おぉ!?』

ネタ枠が続いたところへ現れた、マトモなコスプレに実況のテンションが上がる。

『これは……ミニスカポリスだとぉ!?』

現れた、風船ガムでも噛《か》んでそうな見るからに不良警官っぽい金髪美少女に、観客席は大盛り上がり。

「俺だ！　逮捕してくれぇ！」

「おまわりさん俺ですぅ～！」

変態紳士どもが野太い歓声を上げる中、手錠を持った乃々亜《ののあ》が、網タイツに包まれた美脚を躍動させて走る。

恐竜を追う戦隊ヒーロー、それを追うミニスカポリス……すっごいシュールな光景だった。と、そうこうしている間に、

『おぉっと！　ここで九条選手がゴールです！　着替えやすく走りやすい衣装を引いた運の強さに加えて、とても素晴らしい走りでした！』

ゴールテープを切ったアリサを、政近は迎えに行く。

「お疲れアーリャ。一位おめでとう」

「ありがとう」

「着替えは向こうの校舎だけど……って、まだ体操服届いてないな」

着替えゾーンの方に目を向けると、そこでちょうど、有希が暗幕の中から現れた。

「おお、あれは……」

「すごい、似合ってるわね……」

出て来た有希の服装に、二人は素直に感嘆の声を上げる。

清浄さを感じさせる紅白の衣装。長い黒髪を後ろで束ねた頭には、精緻な金細工の冠。手には神楽鈴。

『おぉ！　周防《すおう》選手、なんと巫女《みこ》装束……それも、神楽舞の衣装です！』

日本人に問答無用で神聖さと雅《みやび》さを感じさせるその衣装が、黙っていれば清楚《せいそ》系美少女な有希にとても似合っていた。が、

「すっげぇ歩きにくそうだな」

有希が小柄なために、だいぶ緋袴《ひばかま》の丈が余っている。加えて、足元は足袋と草履だ。あれでは走るのは難しいだろう……という政近の予想に反して、有希は衣装を汚さないように気遣いながらも、小走り程度ではあるが思った以上の速度で走り出した。

「うわぁよく走れるなあれで」

「でも……あの速度じゃ最下位じゃないかしら。綾乃さんは抜けそうだけど……」

「というか、もう二年生女子スタートしてるんだが……あのペースじゃワンチャン綾乃、二年生にすら抜かれるぞ」

二番目に着替え終えたにも拘《かかわ》らず、どんどん後続に追い抜かれて未《いま》だにコース中盤をよったよったと走っている綾乃を見て、アリサと政近は複雑そうな顔をする。最初は微笑ましそうに見守っていた観客も、今はいつ倒れてもおかしくなさそうな綾乃を心配そうに応援していた。そしてとうとう、有希がコース残り四分の一辺りで綾乃に追いつき……何か声を掛ける。それからその着ぐるみの手を取ると、ペースを合わせて一緒に歩き始めた。

「なるほど、考えたな……」

一緒に手を取り合ってゴールを目指す選挙戦のペアに、観客席から温かい拍手と声援が送られる。既に最下位は確定しているが、観客に笑顔を振りまきながらの実に堂々としたその歩みは、不思議とウイニングランのようにすら見えた。

(う～ん、こりゃ試合に勝って勝負に負けたってやつか……？　有希の方が一枚上手だったな)

アリサの手前口には出さなかったが、どうやらアリサも同じ考えのようで、どこか悔しそうな表情で有希を見ている。

「アーリャ、顔」

「あ──」

政近に言われて、有希を睨《にら》むように見てしまっていたことを自覚したのか、アリサが少しバツの悪そうな顔をした。そこで、政近は気分を切り替えるために話を変える。

「ところで素朴な疑問なんだが、綾乃のあれはどうやってビニール袋の中に入ってたんだ？」

「あれは……着ぐるみ自体は元々暗幕の中にあって、ビニール袋の中には〝恐竜〟と書かれた紙と嵩《かさ》増しのための緩衝シート？　が入ってたわ」

「あ～なるほどね」

「そう言えば、私も少し気になったんだけど……少女漫画の主人公コスプレ、って何？　なんか観客が盛り上がってたけど……」

「ああ……いや、俺も詳しい元ネタは知らんのだけど、食パン咥えながら『遅刻遅刻～』って走る女の子っつー有名なテンプレがあるんだよ。で、曲がり角で男の子と衝突して、その男の子が運命の相手っていう……」

「ふぅん？　だから食パン……」

歯型の付いた食パンを困ったような顔で眺めるアリサに、政近も微苦笑を浮かべた。

「なんだったらそれ、お昼ご飯にでも──っと」

そこで有希と綾乃が手を繋《つな》いだまま一緒にゴールをして、一際大きな拍手が降り注ぐ。

政近も実行委員の手伝いとして、二人の出迎えに向かった。

「お疲れ～……いや本っ当にお疲れ、綾乃」

「あ、りがとう、ございます……」

無表情ながらかなり疲労した様子を見せる綾乃に、政近は心からの労《ねぎら》いを送る。

「どうする？　着替えはあっちの更衣室なんだが……行けなそうなら、手伝うぞ？　なんだったら台車で運んでもいいし」

「いえ……大丈夫です。下手に走ろうとせず、ゆっくり歩いた方が安定すると気付きましたので」

「そうか？　でも、大変そうなら無理せず……」

そこでわぁっと歓声が上がり、見れば四人目の二年生女子が暗幕から出て来たところだった。そしてそれは……おもちゃの注射器とバインダーを持った、ナース姿のマリヤだった。

『おおぉ⁉　九条選手！　ナースです！　なんという王道コスプレ！　しかしこの上なく似合っています！』

実況のテンションも爆上がっているが、観客席はそれ以上であった。特に露出度が高いわけでもないのに、異様なまでの熱気に包まれている。

「あっ、なんかお腹が痛い！　ナースさぁん！」

「胸が、苦しい……これは、恋の病……⁉」

……何やら、仮病患者まで続出する始末。既に走っている他の三人の選手が、憐《あわ》れに感じるほどの盛り上がりっぷりであった。

「(ム、ムッチムチやないか……！)」

小声でド直球な感想を口にする有希を、政近は反射的にひっぱたこうとして……有希がコスプレしていることを思い出して踏《ふ》み止《とど》まる。そうしている間に次々と着替え終えた走者が現れ……少し遅れて、最後にすんごいのが出て来た。

『うおおぉ!? 桐生院《きりゅういん》選手！　なんとここでドレス！　これはすごいドレスです！』

中世の貴族のような、スカートが大きく膨らんだドレス。大きなつば広の帽子。手にはこれまたド派手な扇子。そして靡《なび》く縦ロール。言わずと知れた菫先輩のご登場である。

「「いや、似合い過ぎでしょ」」

意図せずハモってしまった兄妹のツッコミ。しかし、それも無理はないと思えるほどによく似合っていた。しかも……めっちゃ速い。

『おおう!? 桐生院選手速い！　恐ろしく速い！　なんでそのドレスでそんな速く走れるんだぁ――!?』

扇子で口元を隠し、片手でスカートを持ち上げながら、凄《すさ》まじい速度で駆ける菫。先行する他の走者を次々とごぼう抜きし、一気に先頭集団に迫る。

「あのスカートでなんで走れるんだ……？」

「えっと、見間違いだと信じたいのですが……桐生院先輩、ヒール履いてませんでしたか？」

兄妹が呆然《ぼうぜん》と見守る中、ゴール直前で一位に躍り出た菫が、そのままゴールテープを切った。そうして、傲然と胸を反らして高笑いをする。

「オーッホッホッホ、わたくしの勝利ですわ～！」

「……大変よく心得てらっしゃるようで」

ファンサービスも忘れない先輩に敬意を抱きながら、政近はゴールした二年生女子の誘導に向かった。

「更衣室はあちらの校舎の一階です！　着替えの体操服を受け取ってから、あちらへ向かってください！」

そう呼び掛けている最中に、マリヤも四位でゴールインする。

「あ、お疲れ様ですマーシャさん」

「ありがと〜久世《くぜ》くん。あぁ〜惜しかったぁ。もう少しで三位だったのにぃ」

「残念でしたね。注射器とバインダーで、両手が塞がっていたのが地味につらそうでしたね」

そう言いながら近付いて、政近はしみじみと思った。

（いやムッチムチっていうか……ミッチミチやなおい）

こうして近くで見ると、一部がパッツパツに張り詰めたピンク色のナース服がミチミチと悲鳴を上げているのがよく分かってしまい、目の置き所に困る。と、

「うッ⁉」

背後からドスッと何かがぶつかり、政近は軽くよろけた。慌てて振り返ると、そこにはなぜか食パンを咥《くわ》え直したアリサが、ショルダータックルの構えでじっとこちらを睨んでいた。

「アーリャ？　どうした？　っていうか、まだ着替えに行ってなかったのか？」

「……」

政近の問いにも、アリサは無言。その視線に、マリヤへの不埒《ふらち》な思考を責められている気がして、政近はつーっと汗を流す。

「ハァ……行くわよ、マーシャ」

「え？　でもわたし、まだ着替え届いてないし……あ、そうだ久世くん！　スマホある？」

「はい？　一応持ってますけど……」

「それじゃあ写真撮って？　ほら、アーリャちゃんも一緒に」

「えっ」

体操服のポケットからスマホを取り出した途端、マリヤにグイッと腕を引かれる。アリサも同様に腕を引かれ、マリヤを挟むように三人並ばされた。

「はい、じゃあ久世くん撮って？」

「えっと、いいんですか？」

「どうして？　あ、逆光？」

「そうじゃない」

サラッと天然を炸裂《さくれつ》させるマリヤに真顔でツッコみ、政近は「まあ本人がいいなら」とスマホを構える。

「ほら、アーリャちゃんももっとこっちに寄って」

「ええ……」

「ほらほら笑って？　ハイ、チーズ」

「あ、じゃあ撮りま～す」

言われるがまま、政近はスマホをインカメラにして数回撮影した。ついでに、アリサとマリヤだけのパターンも数枚撮る。

「ありがと～久世くん。あとで撮ったの送ってね？」

「あ、はい」

図らずも二人のコスプレ写真を手に入れてしまい、嬉しいような後ろめたいような気持ちで頷《うなず》く政近。するとそこへ、

「政近君、せっかくなので、わたくし達もお願い出来ますか？」

「あ、じゃあアタシも～」

「わたくしも撮っていただけます？」

有希や乃々亜や菫までもが次々と手を挙げ、急遽《きゅうきょ》コスプレ撮影会場（カメラマン一人）が開幕した。そうして希望者の写真を一通り撮ったところで、横合いから声が掛けられる。

「は～い、こちら二年生の皆さんの体操服で～す！　自分の名前が書いてあるのを持って行ってくださ～い！」

そちらを見て、黒いビニール袋を持ってきた手芸部員の一人に、政近は眉を上げた。

「スリットパイセンじゃん」

「は～い、久世氏お疲れ～～なになに？　撮影してるの？」

「ああ、なんか頼まれてな……」

「へぇ〜そっかそっか」

ニコニコと笑いながらそう頷くと、スリットパイセンは政近の前まで近付く。そして、急に真顔になって言った。

「写真くれ」

「やらんわ」

「なんで！」

「肖像権があるからだよ！」

「なら、うちの子たちにも肖像権があるよ！」

「もしかして服のことを言ってるか？」

「そう！」

「スリッパ……よく聞け」

「うん、スリッパじゃないけど何？」

「服にはな……肖像権はない」

「法律上はね？」

「ど〜ゆう返しよそれ⁇」

「久世氏……我が部において、人間は服の付属品なんだよ？」

「……え、なになに怖い怖い。急に話が通じなくなるじゃん」

「つまり、写真を撮る場合もメインの被写体は服であって、それを着ている人間はそこにたまたま写り込んでしまっただけの存在に過ぎないってこと」

「ごめん、これ以上聞いてると認識がゆがみそうだから仕事に戻るね」

もっとも、政近の仕事はゴールした人の誘導と、必要な場合の手助けなので、レース中は特に仕事はないのだが。逃げるように話を切り上げてゴール地点に戻ると……なぜかスリットパイセンが付いてくる。

「おい、お前も仕事に戻れよ」

「まあまあ」

「いや何が？」

そう聞き返したところで、三年生女子が次々と暗幕から出て来た。

『おぉ！　名良橋《ならはし》選手！　なんとチャイナドレスだぁ――!!』

二番手で出て来た依礼奈《えれな》が、周囲に手を振りながらトラックを走る。その深い……深ぁいスリットから、長い脚を惜しげもなく晒《さら》しながら。

と、肩にポンと手を置かれ、振り向けばしたり顔のスリットパイセン。無言でドヤりながら、自分の顔を親指で指している。

「……」

「いや、お前が作ったんだって言われんでも分かるけどさ。絶妙に腹立つ無言のアピールやめろや」

これがしたかったのかと、半ば呆れながらツッコミを入れ、政近は依礼奈へ視線を戻す。

「にしても……深過ぎだろスリット。エレナ先輩であれなら、下手な人が着たらお尻まで行くじゃん」

「そこはほれ、紐《ひも》で上手《うま》いこと調整できますから」

「ああそ……しっかし、エレナ先輩もよくまあ堂々と……あ、でもちょっと恥ずかしそう」

「意外とウブなところあるよね～名良橋先輩」

少し赤らみ、引《ひ》き攣《つ》った頬《ほお》に恥じらいを覗かせつつ、依礼奈は見事一位でゴールテープを切った。

「イエーイ！」

「おめでとうございます、エレナ先輩……着替えはあちらです」

「え、なんでそんなさっさと行かそうとすんの？　写真撮影あるって聞いたんだけど」

「ないですけど？」

「さっきなんか撮ってたじゃ～ん。あたしも撮ってよせっかくだからぁ」

「分かりましたよ……」

「やったね！　ほれほれ」

政近がスマホを構えるや、依礼奈は悪戯《いたずら》っぽい表情でチャイナドレスの後ろ側の布を摑んで、ひらっと靡かせた。

「ふわ～おぉ～」

「はいはいセクシーセクシー」

「ちょっ、反応が雑！　もっと言うことあるでしょぉ!?」

「顔赤いぞ無理すんな」

「はぁ!?　これは走ったからだしぃ!!」

「動悸《どうき》息切れには漢方が効くらしいですよ？」

「年寄り扱いすんな！　まだピッチピチの十八歳だわ！」

「本物の十八歳はピッチピチって言わねーよ？」

「ねぇ久世くん。ちょっとエレナ先輩に辛辣過ぎない？」

「そうですか？　俺、遠慮がいらない女子には大体こんな感じですけど。なぁ？」

「そうだね、うん」

スリットパイセンがそう頷くと、何やら愕然《がくぜん》とした依礼奈が口元を押さえ、涙をこらえる素振りを見せる。

「ヒドイ！　あたしだけが特別じゃなかったんだ！」

「……うん、まあここまで遠慮がいらない先輩は珍しい、って意味では特別かも」

「な〜んだ。なぁ〜んだっ。やっぱり特別なんじゃ〜ん。もう、久世くんったらイケずなんだからぁ」

「イケずって……ホント、ちょいちょい年齢疑われるワード使うなぁ」

「誰がババァだって!?」

「言ってない言ってない。ハイハイ、もう撮りますよ～」

そう言ってスマホの画面を覗《のぞ》き込んで、

「いや、製作者写り込むな？」

自然に依礼奈の隣に立ってるスリットパイセンを見て、ジト目でツッコむのだった。

第8話　立派に、成長されましたね

「借り物競争に参加する生徒の皆さんはこちらで〜す！」

「一組目の人は先頭に！　二組目の人達はその後ろに並んでください！」

手を振り大声を上げる体育祭実行委員の案内に従い、政近《まさちか》は列に並ぶ。

『さぁ次の競技は借り物競争です。実況は放送部に代わり、生徒会広報の周防有希《すおうゆき》が担当いたします』

そこへ聞こえてきた可愛くよく通る声に、観客席がわぁっと盛り上がった。見れば、実況席に座った有希が親しみを込めた笑顔で手を振っている。

（あいつ……こんなところでもしっかり人気稼ぎか。やっぱり広報ってずるいよなぁ〜作ったの俺だけど）

実際効果はあるようで、一緒に並んでいる他の生徒は分かりやすく色めき立っていた。

「え、おひい様の実況？　マジか、オレの名前呼んでもらえるかも」

「わざとゆっくり走ったら『頑張ってください』とか言ってくれるかな？」

「あのぉ聞いてますか!?　説明を聞いてください！」

欲望だだ洩《も》れの野郎共に、実行委員が声を張り上げる。

「まずあのお題が書かれた紙が載っているテーブルまで走ったら、紙を一枚選んで引いてください！　中に書かれたお題に添ったものを探しに行って、見付けたらまたテーブルのところまで戻って来てください！　あそこの係の人が立っているところからトラックを回って、あっちの旗を持ってる人のところまで走ったらゴールです！　係の人が持って来た物がお題に添っているかを確認しますが、もしそこで間違ってたらやり直しになるので注意してくださいね！　ちゃんとトラックを回らなくても走り直しですから！」

一生懸命職務を果たそうとする実行委員さん。だが、

「あれ？　あの旗を持ってるの九条《くじょう》さんじゃん」

「おっホントだ。やっぱ目立つなぁ」

「聞けよ!!」

野郎共の視線は、今度はゴール地点に立つアリサへと向けられていた。怒声を上げる実行委員さんに、政近は憐《あわ》れみの目を向ける。

（まあ、半分遊びみたいな競技だしな……みんな本気《ガチ》で勝ちに行くわけじゃないだろうし。ま、俺も最下位にならなければ……）

と、思ったところで。何かゾクッとする視線を感じて振り向けば、そこには真っ直ぐにこちらを見つめるアリサの姿。

（……あ、ちゃんと勝ちに行けって言うんですね。分かりました）

負けず嫌いなパートナーの、実に雄弁な目の訴えを受けて、政近は気を引き締め直した。

(ま、配点は少なめだけど、三位までは一応点数が入るし……そこに入れるように頑張りますかね)

征嶺学園《せいれいがくえん》の体育祭は、クラス単位で四つの組に分かれて総得点を競う。別に勝ったところで何かあるわけじゃないし、A組の有希とB組の政近アリサは同じ赤組なので、そこで対抗意識を燃やすこともないのだが……そんなことはアリサには関係ないのだろう。

(なんにでも全力投球。勝負なら必ず勝ちに行く。それが我がパートナー様ですからね〜)

仕方ないと言わんばかりに肩を回し……フッと鋭く息を吐くと、政近は表情を改める。無難に三位入賞狙いなどと考えておきながら、政近はもう完全に本気《ガチ》だった。周囲が遊び半分の中、大人げなく勝ちに行くつもりだった。

「それじゃあ次の組の人達、前へ！」

そこで自分の番が回ってきて、政近はラインの前でスタートダッシュの構えを取る。

「よぉい！」

そしてスターターピストルがパァンと音を鳴らすと同時に、政近は猛然と駆け出した。やはり脚に自信がある生徒ではなく、どちらかと言えばお祭り好きな生徒が集まっていたせいか、政近がトップで長テーブルの前に到着する。

(頼むぞ……見付けやすいもの、運びやすいもの来てくれ！)

そして、真ん中辺りの紙を引っ掴《つか》むと、パッと開いた。そこに書いてあったのは——

〝他人の彼女〟

「…………」

目を閉じ、天を仰ぐ。そして一秒後、改めて手の中の紙を見下ろした。

〝他人の彼女〟

加えて、隅の方に小《ち》っちゃく『※恋人持ちの女性（既婚者は除く）』という注釈付き。

（ふッッッざけんなぁぁぁ――‼　借りれるかぁぁぁ――‼）

二度見してようやく現実を吞み込み、政近は内心で怒号を上げる。

（『すみません！　誰か彼女貸してください！』なぁんて言えるかボケ！　他人はまず無理だし、知り合いだったらそれはそれで超絶気まずいわ‼）

しかも、ご丁寧に『既婚者は除く』という注釈まで付けられているのだ。これでは、保護者席にいる自分や友人の母親を選ぶという手も使えない。

（自分の姉や妹が見学に来てればあるいは……って、普通兄弟の体育祭なんて見に来ないか。ってなるとやっぱり生徒の中から選ぶしか――）

歯嚙《はが》みをしながら煩悶《はんもん》する政近。その耳に、有希の実況が届いた。

『これはどうしたんでしょうか？　お題のテーブルに真っ先に着いた赤組の久世《くぜ》君、立ち止まってしまいました！　何か難しいお題を引いてしまったんでしょうか？　そうしている間にも、他の選手は次々と借り物を探しに行きます！』

その言葉通り、後から来た生徒はさして迷った素振りもなく散っていく。気付けば長テーブルの前に残っているのは、政近だけになっていた。

（いつまでもここにいると次の組の邪魔か……クッソどうする⁉　彼女持ちの知り合いはそれなりにいるが、やっぱり知り合いの彼女を借りるのは…………いや、待てよ？）

刹那、政近の脳裏に数十分前の記憶が蘇った。

『青組、第一走者は一年C組の田畑《たばた》先生！　最近年下の彼氏が出来たそうです！』

（！　あれだ！）

思い付くや否や、政近は教員が集まっているテントに向かってダッシュする。そして、なんだなんだとこちらを見てくる教師陣に大声で呼び掛けた。

「すみません！　一年C組の田畑先生いらっしゃいますか⁉」

返事を待ちながら自分でも捜していると、手前の方の先生が一言。

「田畑先生借りられてるよ」

「そんなことあるぅ⁉」

思わず上げた叫びに、教師陣がドッと笑う。それに少し羞恥を覚えながら振り向くと、たしかにゴール地点の待機列に、大柄な男子生徒と手を繋ぐ田畑先生の姿が見えた。

（マッッジかよ、どうする？　待つか？　いや、お題と合ってるかの確認を待ってからコ

ースに戻って、そっからもう一回ゴールなんて時間が掛かり過ぎる！　誰か他に──）

その瞬間、政近は思い付いた。多くの生徒に彼氏持ちだと知られていて、尚且《なおか》つ政近が借りても全く問題がない人物。

思い付いて、三秒ほど躊躇《ちゅうちょ》してから、政近は自分が元いたテントへと駆け込む。そうして意を決し、パイプ椅子に座っている目当ての人物に手を差し出した。

「マーシャさん！　お願いします！」

「え？　あ、うん。いいわよ？」

一瞬戸惑った様子で瞬《まばた》きをして、マリヤは政近の手を取って立ち上がる。その手をぎゅっと握り、政近はグラウンドへと駆け出した。

（あ、なんか……懐かしいな）

昔、公園でまーちゃんと遊んだ時の思い出がフラッシュバックして、政近は競技中と知りながら少し笑みを浮かべる。

そして、マリヤに合わせて気持ちゆっくりめに走りつつ、トラックへと視線を巡らせた。

（他の選手は……一人だけか。よし、これならいける！）

日傘を持った生徒が一人先行しているが、他の生徒はまだ戻って来ていない。もしかすると、心当たりがすぐ見付かるという点では、政近のお題は当たりの部類だったのかもしれない。と考えて、即座に自分で否定する。

（いや、断じて当たりではないな。うん。……でもまあ、物によっては持ってる人探すのにも苦労するだろうし、下手したら校舎に取りに行かなきゃいけないかもだし……それに比べれば、まだ上位入賞が狙えるお題ではあったか）

考えている間にお題の載った長テーブルに辿《たど》り着き、政近は改めてゴールを目指してトラックを走り――

『あ、赤組の久世君？　借り物はきちんと〝持ち運んで〟くださいね？』

そこで聞こえてきた実況アナウンスに、政近はピタリと足を止めた。そのまくい一っと実況席の方へ顔を向けると、遠目にもそれはもう楽しそうな顔をした有希が、再度口を開く。

『具体的には、借り物が地面に触れないよう持ち上げて、トラックを回ってくださいね？』

有希の実況に続いて、観客の声援と野次《やじ》が上がる。

「ガンバレ～！」

「お姫様抱っこしろ～！」

「男を見せろよ久世ぇ～！」

周囲から浴びせられる無責任な煽《あお》りに、政近は頬《ほお》を引き攣《つ》らせた。

（お姫様抱っこって…… いやいや無理だから。お姫様抱っこでこの距離走るのは普通に無理。有希ならともかくマーシャさんだったら絶対に腕が死ぬ。そもそも他人の彼女を借りておいて、お姫様抱っこまでするとかクズ過ぎるだろ！）

もちろん、煽っている生徒はお題が何なのかを知らない。恐らく、〝学園一の美女〟だとか〝憧れの先輩〟だとか、そんなちょっと恥ずかしいお題程度に考えているのだろう。

その証拠に……

「お、お姫様抱っこ？　ぅうん、やぁだぁ〜〜」

両手で頬を包み、困り笑いを浮かべながら身を揺するマリヤ。でも口元が緩んでるせいであんまり困ってるように見えない。おまけに横目でチラッ、チラッ。

（なんだか期待してるように見えるのは気のせいですかね〜マーシャさん？　いや、きっと気のせいじゃないんだろうなぁ）

今にも「恥ずかしいけど、久世くんがやりたいなら？」とかいう心の声が聞こえてきそうな視線を前に、政近は口端をひくつかせる。

【お姫様抱っこでゴールインだなんて、まるで……キャー♡】

前言撤回、もっと過激なこと考えてらっしゃった。人生のゴールテープ切る妄想をしておられる。これには政近も、レースを忘れて思わず赤面してしまう。と、

『久世君が立ち止まっている間に、他の選手が戻って来ました！　これはどうなるか分かりません！』

そこで有希の実況が耳に飛び込んできて、政近はパッと顔を上げた。振り向けば、一眼レフカメラを持った生徒がこちらに駆けて来るのが見える。更にその後ろに、なぜか熊の置物を持った生徒が。

「どこから借りて来たんだよ！」

とりあえず木彫りの熊を抱えた生徒にそうツッコんでから、政近は歯噛みした。

（マズい……このままじゃ三位入賞も危ういぞ？　～～っ！　あ～もうっ、しゃーない！）

瞬時に覚悟を決め、政近はお題の紙をポケットに突っ込むと、マリヤに背を向けてしゃがむ。そして、周囲の煽りにもマリヤの期待に満ちた視線にも目をつぶり、背後に声を掛けた。

「おんぶします。乗ってくださいマーシャさん」

「え、えぇ？　でもちょっと、わたし汗かいてるし……」

「気にしませんから！　早く！」

そう強めに急《せ》かしつつ、政近は心の中で自分自身に言い聞かせる。

（いいか？　今から背中に乗るのはまーちゃんだ。元気で天使なまーちゃんを、おぶって走るんだ。だから、何も恥ずかしいことなんてない！　下心なんてあるはずがない!!）

まーちゃんをおぶるさーくんの脳内イメージを作り上げ、意識を整えた直後……政近の背中が、むにゅうっというなんとも柔らかく温かな感触に包まれた。

（何もぉおおぉおぉまーちゃんおっきくなったねぇぇ～??）

イメージの中のまーちゃんを一瞬で塗り替える、圧倒的な柔らかさ《リアル》。イメージ補正を無慈悲な物理でぶち壊され、政近は硬直状態に陥る。

「だ、大丈夫？　重くない？」

「大丈夫です。しっかり摑まって……」

重量とは別の意味で大丈夫ではなかったが、政近は動揺を表に出さないように理性を総動員して促す。すると、マリヤの両腕が首元に回され、完全に体を預けられる。重力によって引かれたマリヤの体は、もはやゼロ距離すら通り越した密着度で政近の背に重なっていた。

（うおぉぉぉぉ潰れている！　何がとは言わんが肩甲骨の辺りで大きなものが潰れている！）

人生で初めて味わう感触に、脳内で悲鳴とも歓声ともつかない叫びを上げながら、政近は立ち上がる。立ち上がるとは言っても、変な意味ではない。前屈《まえかが》みになっているのはおんぶのせいであって、別の意味なんてない。ないったらない。

（ああもうクソッ！　いい加減にしろこの節操なし！　俺の背に乗ってるのはまーちゃんだぞ！　まーちゃんに薄汚い欲望抱いてんじゃねぇ！　死にてぇのか！）

再度そう必死に自分に言い聞かせ、背中の感触をなるべく意識しないようにしながら、政近はマリヤの脚に手を回し――

むにぃ

「……」

神経の密度が低い背中で、体操着越しに感じるのとは比べ物にならないほどに生々しい肉感に、一瞬で思考が吹き飛ばされた。おまけに脚を摑まれたマリヤが、もぞもぞと恥ずかしげに体を揺する。

「ん、やぁン、ちょっと、恥ずかしい……わたし、脚太いから……」

「いや、そんな……」

反射的に否定しながらも、政近の意識はマリヤの膝裏からふとももに掛けてを掴む、自分自身の両手に囚《とら》われていた。手に伝わるすべすべの肌と、むにむにとした柔肉の感触。アリサによって開かれた脚フェチの扉が、蝶番《ちょうつがい》が弾《はじ》け飛びそうな勢いで全開になる。

(そうか……ふとももって、太いからふとももなんだなぁ)

それどころか、なんだかおかしな悟りまで開きそうになっていた。しかし、そこでカメラを持った生徒に横を追い抜かれ、政近は我に返る。

「っ、行きます！」

「う、うん」

せめて三位には入らんと、政近はマリヤを背負ったまま走り出す。

『久世君速い！ 人ひとり背負っているとは思えない速さです！』

有希と同じ感想なのか、観客席から上がっていた冷やかしの声も、今は驚きの声と歓声に変わっている。だが、それだけの速度で走るためには、それ相応の代償が必要なわけで。

「っ！」

足が地面に着く度に、ズシッズシッという衝撃が脚と腕に伝わる。それに加えて、マリヤの体がグイグイと押し付けられ、むにむにと擦り付けられる感触が、背中いっぱいに伝わる。

（うがぁぁぁ――――‼　俺の背中に乗ってるのはまーちゃん！　天使なまーちゃんんん〜〜‼）

理性を情け容赦なくぶん殴ってくる感触に、政近はギリギリと歯を食いしばりながら走る。全てを振り切るように走る。

と、前を走る生徒の向こうに、ゴール地点に立つアリサの姿が見えた。

（あ、やべっ）

その姿を視界に収めた瞬間、直感的にそう思った。

そして、その直感が正しいことを証明するように、アリサの青白い炎を宿す瞳が政近に背負われるマリヤに向き、政近にしがみつくマリヤの両腕に向き、マリヤの脚を掴《つか》む政近の手に向いた。そして最後に政近の顔に戻ってきて、じっと見つめる。じいっと、じいっと見つめる。

（いや怖《こ》ぉっわ）

背筋がひゅっと寒くなると同時に、襲い来る謎の罪悪感。再び湧き上がる浮気しちゃった感。

「ふーっ」

「うひっ⁉」

突然、右耳に息を吹きかけられ、政近は思わず変な声を上げた。すると、背後でくすくすと笑い声が上がる。

「ふふっ、カワイイ反応」

続いて聞こえてきたどこか小悪魔っぽい響きを含んだ声に、政近はうなじがゾクゾクとした。

「マーシャさん？　こ、こんな人前で何を……」

「だいじょ～ぶ、バレないようにしたから」

そう耳元で囁《ささや》かれ、首元に回された腕にぎゅうっと力が込められる。

「（渡したくないなぁ……）」

ぽつりと漏らされた、小さなちいさな呟《つぶや》き。

それを口にしたマリヤの表情は政近には見えず、その意味を問う前に、政近はゴールに辿《たど》り着いていた。

『久世君、三着でゴールです！』

「ゴールよ久世君。ほら、マーシャを下ろして」

「あ、おう」

「お題の確認はあっち」

硬い声で素っ気なくそう言うと、アリサはプイッと顔を背ける。が、政近の背から下りたマリヤがするりと政近と手を繋《つな》いだ瞬間、ギュンッと振り向いた。

「？　アーリャちゃん？」

きょとんとした顔で首を傾げるマリヤに、アリサは目元をひくつかせながら言う。

「マーシャ……手を繋《つな》ぐ必要はないんじゃない？」

「え？　でもわたし、久世くんの借り物だし……」

「そ、だけど、でも……っ」

「は～い、こちらでお題確認しま～す！」

そこへ実行委員に声を掛けられ、政近はアリサの方を気にしながらも少しばかりホッとしてそちらへ向かった。その間も背中にはグサグサとアリサの視線が突き刺さり、政近の罪悪感を刺激する。

（いや、別に何も悪いことはしてないんだけどさ……）

それでも罪悪感を覚えてしまうのは、男の性なのかそれとも後ろめたいところがあるからなのか……

（というか、マーシャさん……？）

先程、わざわざアリサの前で手を繋いだマリヤの行動に違和感を覚え、政近はマリヤの横顔を窺《うかが》う。

「？」

その視線に、微笑みを浮かべたまま小首を傾げるマリヤの姿からは、特に他意は感じられない。が……

（『渡したくない』か……）

「はい、ではお題の紙を確認します」

「あ、はい」

ポケットから取り出した紙を、係の人に手渡す。

「ふふっ、お題は何なのかしら～？」

いつにも増して機嫌がよさそうな様子で、そう言うマリヤだったが――

◇

「むぅ」

一分後、生徒会役員が詰めるテントには、大変珍しい膨れっ面のマリヤの姿があった。

「マーシャさん？　あの、何か怒ってます？」

「怒ってます」

おずおずとした問い掛けに即答で返され、政近は首を縮める。ちょうどみんな出払っていてテントには二人しかいないため、政近はマリヤの怒りを直に受け止める羽目になっていた。

「あのね久世くん」

「は、はい」

隣に座るマリヤに名前を呼ばれ、政近は軽く肩を跳ねさせる。すると、マリヤは前を向いたまま横目で政近の方を見て言った。

「わたし、さーくん以外と付き合ったことなんてないわよ？」

「あ……はい」

突然の言葉に少し気恥ずかしさを感じていると、体ごと振り向いたマリヤがずいっと身を乗り出してくる。

「わたしは、久世くんのことを、ず〜っと一途に好きなの」

「あ、ありがとうございます？」

「そんなわたしが、全校生徒の前で……自分は久世くん以外の人の彼女だって認めて、どんな気持ちになったか分かる？」

「あ――」

その怒りと悲しみの滲《にじ》んだ表情を見て、政近は猛烈に後悔した。

「……すみません、配慮が足りませんでした」

「ダメ、許さない」

罪悪感に圧し潰されるように頭を下げる政近の謝罪を、しかしマリヤは突っぱねる。

「デートしてくれないと、許さないもんっ」

「え、デート？」

完全に予想外の言葉に、政近は思わず顔を上げた。

「そう、デート。今度一日、とってもロマンチックなデートをしてくれないと、許さないんだから」

「とってもロマンチックなデート、ですか……」

「うん。わたしが思わずときめいちゃうようなデート」

それは、なかなかにハードルの高い話だった。

なにせ、政近自身デートの経験値がかなり少ない。

それにそもそも、アリサの恋心に気付いていながら、マリヤとデートをするというのは果たしてどうなのか……

「分かった？」

「あ、は、はい」

迷う政近だったが、ずいっと顔を近付けてきたマリヤの勢いに圧され、つい頷いてしまった。

「ん、じゃあよし」

すると、マリヤは少し機嫌が直った様子で前に向き直る。

図らずもマリヤとデートすることになり、政近の心がにわかに浮足立つ……が、今はそれ以上に戸惑いが勝った。少し不審そうにマリヤの横顔をじっと見ていると、気付いたマリヤが小首を傾げる。

「どうしたの？」

「あ、や……」

訊《き》いていいものか。数秒の間、政近は強烈に迷い、悩み……おずおずと口を開いた。

「その、今ここでこういうことを訊いていいものか分からないんですが……」

「なに？」

「マーシャさんって……俺に、アーリャの気持ちにちゃんと向き合って欲しいん、ですよね？」

それは、二カ月前にあの公園で告げられた願い。

あれを、政近は紛れもないマリヤの本心だと思っていた。だからこそ、違和感を覚える。

先程アリサの前で手を繋いだマリヤに。急に出されたデートのお誘いに。

「うん、そうだよ」

しかし、政近の不審な思いに対して、マリヤはあっさりと頷いた。政近が思わず拍子抜けしてしまうほどあっさりと。

「久世くんには、アーリャちゃんの気持ちにきちんと向き合って欲しい。それは本当よ？」

真摯な態度でマリヤがそう言ったところで、テントの外から実行委員の一人が声を掛けてきた。

「ごめんマーシャ！　ちょっと手伝ってくれる？」

「あ、は～い」

その呼び掛けに席を立ち、マリヤは数歩前に歩く。

「でも――」

と、そこで振り返ると、マリヤは少し恥ずかしげに頬《ほほ》を染めながら言った。

【最後には、わたしを選んでね？】

第9話 遭遇

「……アーリャ？　そろそろ出馬戦のメンバーで一旦集まらないか？」

「まだ、いいんじゃないかしら」

「いや、でも人数が人数だから……」

政近《まさちか》の言葉は正しい。そう頭では理解しつつも、アリサはぐっと唇を引き結んで沈黙で答えた。と、そこへ実行委員の一人が声を掛けてくる。

「あの～すみません、ちょっと片付けを手伝ってもらえませんか？」

「私が行きます」

「え、おいアーリャ……」

これ幸いとその要請を受けたアリサに、政近がとっさに制止の声を上げるが、アリサはそれを硬い声で遮った。

「すぐ戻ってくるから」

「……分かった。俺は俺でメンバー集めとくよ」

「……お願いね」

何も言わずに引き下がった政近に少しばかり罪悪感を覚えつつ、アリサは足早に手伝いへ向かう。

（はぁ……何をしているのかしらね）

自分の非合理的極まりない行動に、内心自嘲するアリサ。だが、どうしても今はマリヤと顔を合わせたくなかった。

先程の、借り物競争の光景が頭から離れない。手を繋いで走る二人。身を寄せ合ってゴールに向かってくる二人。

その光景を思い出すだけで、アリサの胸の中で怒りとも嫌悪ともつかない感情が轟々《ごうごう》と渦巻く。

（なんなのよ、もう）

分かっている。たまたまお題があんな内容だったから、政近はやむなくマリヤを運んだだけだと。この件に関して、政近もマリヤも何も悪いことはしていない。分かっているのに、モヤモヤが治まらない。

政近に手を引かれて走るマリヤの姿を見て、アリサは思わず「触らないでよ！」と叫びそうになった。去年の学園祭で、政近に手を引かれてフォークダンスを踊った思い出を、夏祭りの夜に、政近に手を引かれて境内を駆け抜けた思い出を、マリヤに汚されたような気がして。今まで感じたことがないほどに理不尽でドス黒い怒りが、胸を焦がした。そして、仮にも姉に対してそんな感情を抱いたことに、今度は自己嫌悪が湧く。

(分かってるわよ……ただの被害妄想だって。マーシャは、何も悪くないわ)

マリヤは悪くない。悪、くな……？

(いや悪くない、けど！　何よマーシャのあの表情！　あんな、ベタベタと、は、はしたない！)

笑顔で政近におぶさっていたマリヤに、一転してアリサの貞操観念が激しい警告音を上げる。

(女の子は……簡単に男の子に体を触らせちゃダメでしょ⁉　本当に心を許した相手にだけ、そういうのは許すべきで……他に好きな人がいるのに、あんなことするなんて……有希《ゆ》さんも有希《き》さんよ！)

考えている内にどんどん怒りが高まってきて、それはマリヤをおんぶするよう仕向けた有希にも飛び火した。

(マーシャが彼氏持ちだって知ってるはずなのに、あんなこと指示するなんて……ルールだからって、そんな、大体有希さんだって、事あるごとに政近君にベタベタベタベタ……………政近君も、もうちょっと断りなさいよ！)

延焼は止《とど》まることなく、アリサは燃え上がる怒りをぶつけるように、大縄を体育倉庫に押し込む。

「ありがと～九条《くじょう》さん、助かっちゃった」

「……いえ、私も生徒会メンバーですから」

「そっか……出馬戦、頑張ってね！　応援してるから！」

「あ、ありがとうございます……」

実行委員の先輩に思い掛けない声援をもらい、アリサは戸惑いながらも笑顔でお礼を言った。そうして、体育倉庫から校庭へ戻ろうと……するが、やはりどうにも足が重い。物に八つ当たりして火の勢いは収まったが、今度はその反動で自己嫌悪がじわじわと強まってきていた。

（はぁ……手を洗ってこようかしら）

片付けで少し汚れてしまった手を見下ろし、それを言い訳にアリサは近くのトイレへ向かう。

そして、用を済ませてトイレを出て、仕方なく校庭に戻る……途中で、保護者席から遠く離れた場所で一人彷徨《さまよ》う老女を見掛けた。

（？　なんで、こんなところに……）

小首を傾げ、周りに他の人がいないことを確認してから、アリサは意を決してその老女の下へ歩み寄る。

「あの、何かお探しですか？」

アリサが遠慮がちに声を掛けると、老女はパッと振り向いて少し目を見開いた。

年の頃は六十代くらいか。明るい色のブラウスにゆったりとした花柄のロングジャケットを羽織った、少し派手めだがオシャレな服装をしており、その穏やかで優しげな雰囲気も相まって上品な貴婦人といった印象を受けた。

(どこかの企業の会長の奥さん、とか……？)

学園の性質も考慮してそう推測していると、老女が少し驚いた様子でポツリと言葉を漏らす。

「あら、あなた……」

「？」

「ああ、ごめんなさいね？　自動販売機を探していたのだけど……」

「あ、それでしたらあちらに……ご案内します」

「あらいいの？　ありがとうねぇ」

まだ政近の下へ戻りたくなかったアリサは、自分の提案を純粋な親切と捉えている老女に少し後ろめたさを感じつつ、近くの自販機を目指した。

「今日は思ったより日差しが強くて暑かったでしょう？　冷たい飲み物が欲しくなっちゃってねぇ」

「そうですか。確かに、あまり秋という感じはしませんね」

「そうなのよぉ、これも地球温暖化のせいかしらねぇ」

話し好きなのか、老女は特に気の利いた返しも出来ないアリサを気にした風もなく、穏やかな笑みを浮かべて話し続ける。

「わたしの孫もねぇ。新しい方の夏服と古い方の夏服を行ったり来たりしてるって言ってるわぁ」

「ああ……私のクラスでもそんな感じです。今、夏服が二種類ある状態なので、日によって変えてる人が多いですね」

「そうなの……でも、十一月からは冬服になるんでしょう？　もう少し涼しくなって欲しいわよねぇ」

「そうですね」

その穏やかな雰囲気故か、アリサも特に話しづらさを感じることなく自販機に辿《たど》り着く。

「ありがとうねぇ、お礼に何か買ってあげるわ」

「いえ、そんな」

「遠慮しないで。ほら、好きなの選んでいいのよ？」

「いえ、本当に大丈夫です」

数度押し問答を繰り返し、アリサは根負けして一番安い天然水を指差した。

「それでは、これで……」

「あら、そんなのでいいの？　もっとジュースとかあるじゃない」

「いえ、これから競技がありますし」

「ああ、それもそうね。でも、それならスポーツ飲料とかの方がいいんじゃない？」

「そういうの、喉に甘いのが絡むような感じが残るので、あまり……」

「そうなの、まあ親切の押し売りはよくないものね。分かったわ」

そう言うと、老女はお金を入れてボタンを押し始める。

「えっと、おじいさんはコーラ……」

「これですか？」

「ああ、ありがとうね」

おじいさんのチョイスにちょっと首を傾げながら、一番上の段のボタンを代わりに押してあげる。そして、天然水のペットボトルを受け取って手の中で弄んだ。

（えっと、この場で飲んだ方がいいのかしら……）

そんなことを少し考えながら、なんとなく別れ時を見失って、アリサは老女と一緒に来た道を戻る。

「本当に、親切にありがとうねぇ」

「いえ……保護者の案内も生徒か……実行委員の仕事ですので」

「優しいお嬢さんね……それにこんなに綺麗《きれい》で。孫のお嫁さんに欲しいくらい」

「あはは……」

「あらごめんなさいね。冗談よ」

「いえ……」

「それに、あなたくらいになるとそれはもう引く手あまたでしょう？　好きな人とかいるの？」

「そういうのは、まだあまり……」

「そう……まあ、焦ることでもないものねぇ」

その老女の何気ない言葉に、アリサは少し救われたような心地がした。

遊園地で感じた、孤独感や疎外感。自分だけ置いて行かれているような、じりじりとした焦燥感。そこへ清らかな涼風が吹き込んできたような感覚。

（この人なら……私の悩みに、答えをくれるかもしれない）

そんな直感が走り、アリサはこの名も知らぬ老女に、気付けば悩みを打ち明けていた。

「私……分からないんです。恋とか……それが、ただの好意と何が違うのか、とか」

ぽつぽつとそう漏らすと、老女はアリサの顔を見る。そして、その横顔に何かを感じ取ったのか、前を向いて明るく言った。

「難しいわよねぇ。わたしもこの歳《とし》になって、まだ確かな答えは分からないもの」

「え、そうなん、ですか……？」

結婚して、孫までいるのに？　そんな疑問を込めたアリサの視線に、老女は前を向いたまま笑う。

「もちろん、わたしは恋を知っているわよ？　でも、その定義までは分からないわぁ。それは、本当に人によって違うと思うから」

「……」

結局、そういう曖昧な答えに落ち着くのかと。アリサがわずかな失望を抱いたところで、老女はサラリと言った。

「そもそも、恋ってひとつの感情を指す言葉ではないと思うしねぇ」

「？　恋は、恋では？」

「そうね、でも恋の中には、いろんな感情が含まれてるでしょう？」

「……？」

疑問符を浮かべるアリサに、老女はゆっくりと語る。

「憧れや、尊敬。あるいは友情。もちろんさっきあなたが言った、人としての好意。そして人によっては、執着や憎悪。下世話な話になってしまうけれど、ただの性欲というのもあるわね」

「せ、性欲……」

「でも、それだって恋の一部であることには変わりないでしょう？　そういったいろんな感情ぜ〜んぶひっくるめて、恋と呼ぶのだと思うわ……わたしはね」

「……」

正直、アリサにとって素直に頷《うなず》ける話ではなかった。

アリサからすると、友情や尊敬なんかは恋とは全くの別物という認識だったし、執着や憎悪までもが恋に含まれるという話には、首を傾げざるを得ない。

（恋っていうのは、もっとこう、純粋で……キラキラした、綺麗《きれい》なものじゃないの？）

自ずと、脳内に漠然とした反論が浮かぶ。ただ……まだ知らぬ恋という感情の正体を探していたアリサにとって、老女の解釈はとても新鮮ではあった。

アリサも知る、友情や尊敬といった感情。それらが集まり、高まった末に恋が生まれるなら……いつか、アリサにもそれが理解できるのかもしれない。

「……とても、参考になりました」

「ふふっ、そう？　だったらよかったわぁ。まあ今のはわたしの考えだから、あまり深く考えずに話半分くらいに聞いておいてねぇ？」

そう言って笑う老女に、アリサも少し笑みを返し……そうしている間に、気付けば保護者席のところまで来ていた。

「えっと、私はそろそろ……」

そう言って、老女に別れを告げようとしたその時。

「おお、麻恵《あさえ》さん！　どうして九条さんと一緒に⁉」

斜め後ろの方から、どこか聞き覚えのある声に名を呼ばれ、アリサはぎょっと振り向く。

そして……ビニールシートの上に立ってこちらを見るひょろりとした老人を見て、盛大に頬《ほお》を引《ひ》き攣《つ》らせた。

「え、あ、た、たしか……まさ、久世《くぜ》君、の……」

「お～覚えてくれとるか。いやぁこの前は自己紹介もロクにせんですまんかったなぁ。わしは政近の祖父の、久世知久《ともひさ》だ」

「あ、九条アリサです……って」

ということは……と振り向くと、老女は口元に手を当てて笑う。

「あらわたしとしたことが。改めまして、久世麻恵と言います」

「く……」

遅ればせながら状況を認識し、アリサの胸中は一気に荒れ狂った。

(政近君の、お、おばあ様ぁぁ――!? え、ちょっと待って、私政近君のおばあ様に恋愛相談しちゃったの!?)

半ばパニックになりつつ、脳が現実逃避しようとしているのか、アリサはそこで余計なことに気付いてしまう。

(と、いうか! ペアルック! この! 歳で! ペアルック!!)

明るいシャツに派手な花柄のジャケットを着ている知久を見て、アリサは頭の中で思いっ切り叫んだ。

いや、別にいい。オシャレで仲睦《むつ》まじくてとてもいいと思う。だが……もし自分の祖父母がこんな格好をしていたら、アリサだったらちょっと一緒に歩きたくない。

と、そこで老女――改め麻恵の顔を見てハッと気付く。

(そう、あの時……私が、声を掛けた時!)

目を見開き、「あら、あなた……」と言ったあの反応。その時は、銀髪青目を珍しがっただけだろうとスルーしたが……

(まさか、あの時点で気付いてた!?)

そう直感し、麻恵を凝視すると、麻恵は少し申し訳なさそうに笑う。その反応で全てを察し、直後アリサの中で八つ当たりじみた怒りとそれを遥《はる》かに上回る羞恥が炸裂《さくれつ》した。

「～～～～………‼」

声にならない声を上げて体を震わせ、そこでアリサは、知久の隣に座る女性に気付いた。

（まさか、政近君のお母さ――⁉）

過《よぎ》った直感にビクッとして、直後違和感を覚える。

（あれ？　でも政近君の両親って……？）

幾度も訪れた、政近以外に誰もいないマンションの一室。そして風邪で倒れた政近に聞いた話を思い出し、眉根を寄せ……女性と目が合った。

「……？」

ふと、その顔に既視感を覚え、アリサは眉間のしわを深くする。

「ん、おお、こちらは――」

そんなアリサの視線に気付いた知久が、隣の女性を見て何かを言い掛け――それを遮るように、立ち上がった女性が一礼した。

「はじめまして。わたしは周防《すおう》有希の母で、周防優美《ゆみ》と申します」

「あ、有希さんの……はじめまして、有希さんと同じ生徒会の、アリサ・ミハイロヴナ・九条です」

「ええ、娘から話は聞いております……」

おどおどとした口調で目を逸《そ》らしながらそう答える優美を見て、アリサは既視感の正体に気付く。

（ああ、なるほど……有希さんに似ていたのね）

どうにも覇気がないというか自信がなさそうな表情が有希とは全然違っていたが……顔立ち自体はよく似ている。そう納得したところで、疑問が湧いた。

（なんで、政近君のおじい様とおばあ様が、有希さんのお母様と……？）

その当然の疑問に、知久がカッカと笑いながら答える。

「いやぁ優美さんが一人で来てるのを見付けてなぁ。一緒に見んかと誘ったんだよ」

「はぁ……そうなんですか」

そう言いつつも、アリサはどこか釈然としない。

（いくら幼馴染《おさななじ》みと言っても……祖父母まで仲がいいものなの……？）

内心首を傾げながら、黙ってしまった優美に何を言えばいいか分からず固まるアリサ。

そこへ、聞き慣れた声が掛けられた。

「お～いアーリャ、そろそろ……」

顔を上げれば、政近が遠慮がちに手を振りながらこちらに歩いてくる。アリサの銀髪を目印にやって来たのだろう。そこで遅ればせながらアリサの近くにいる二人に目を向け、政近は顔をしかめる。

「うぇ、なんでじいちゃんとばあちゃんがアーリャと一緒に……」

そして、政近の視線がその隣の女性へと移り――空気が、凍った。

「ま、政近君？」

目を見張り、表情をひび割れさせた政近に、アリサはぎょっとする。その視線を追えば、優美もまた同じような顔で政近を見ていた。

（え、なに？　なにが……）

訳も分からず二人を交互に見るアリサだったが、二人の対峙《たいじ》は政近が視線を切ったことで終わりを告げる。あまりの異様な雰囲気に長く感じただけで、それは実際には五秒程度のことだっただろう。

「……向こうにもう集まり出してるから、行くぞ」

「え……あ、うん……それじゃ、その、さようなら」

「ええ、さようなら」

「うむ、また機会があれば会おう……っと、政近ぁ！　あとで一緒にお昼ご飯食べようなぁ！」

「友達と食べるからいい」

知久の呼び掛けにも振り返ることはなく、政近は素っ気なく言って歩いて行ってしまう。そのらしくない態度に、アリサは慌ててその後を追った。

「政近君、どうし——」

そして政近の横に並び、その顔を見て息を呑んだ。

怒りや憎しみ、それに悲しみ。いろんな感情がごちゃ混ぜになって顔の皮一枚下で渦巻いているかのような、凄絶な表情。いつも飄々として素の感情を見せない、普段の政近からはおよそかけ離れたその表情に、アリサは言葉を失った。

「……」

　アリサの視線にも、政近は態度を取り繕う余裕もないのか何も言わない。それがまたいつもの彼らしくなくて、アリサは言葉に詰まる。

(何か、何を……私は、何も………)

　言葉がぐるぐると、頭と喉の奥で空回る。何かを言わないと。でも何を……何も、浮かばない。だから、

「っ！」

　アリサは無言で、持っていたペットボトルを政近の頬に押し付けた。

「つめたっ」

　買って間もないペットボトルの冷たさに、政近はビクッと立ち止まって体を離す。そして、眉根を寄せてこちらを見てくる政近に、アリサはとっさに思い付いたことを言った。

「おじいさんに、あんなこと言うの……よくない、と思うわ」

　つっかえつっかえに言ってしまってから、自分でも「何を言っているのだ」と恥ずかしくなる。そうして、アリサにとって気まずい沈黙が数秒流れた末に……政近が、フッと小さく笑った。

「そうだな。まあ、たまには一緒にご飯食べてやるか」

いつものようにどこか冗談めかしてそう言うと、政近は表情を緩める。それにほっと安心しながらも……アリサの胸には、また何も訊《き》けなかったことへの忸怩《じくじ》たる思いが渦巻いていた。

本当はもっと訊きたいことがあった。どうして有希の母親と顔を合わせて、あんな反応をしたのか。彼女と一体、何があったのか。

知りたい。知って、何かを言ってあげたかった。でも……待つと、決めた。

（いつか……教えてくれるって、約束したもの……）

だから、待つ。いつか、政近から話してくれるその時を。それまでに……政近が、もっと頼れるパートナーになる。政近が、自分の苦しみを話してもいいと思える、そんな頼もしいパートナーに。

（そのためにも……負けられない）

それに……それとは別に、アリサには政近に伝えたいことがある。

今日出馬戦に勝って、政近に。そして……

「あ、アリッサ来たよ～」

「遅かったですね」

「お疲れ様、アーリャさん」

「お疲れっす」

共に戦ってくれる、仲間達。沙也加《さやか》、乃々亜《ののあ》、毅《たけし》、光瑠《ひかる》。

「あ、ごめ～ん。遅れちゃったかしら～？」

「え、遅れた？　まだセーフだよね？」

マリヤ、依礼奈《えれな》。そして……

「あら、わたくし達が最後のようですわね」

悠然と、堂々と、胸を張って現れる。自慢の縦ロールを揺らしながら。

彼女を、アリサは笑みを浮かべて迎えた。アリサの笑みに、彼女もまた優雅で、かつ力強い笑みを浮かべて応えて――

「お疲れ様です、バイオレット先輩」

「すみれですわ！」

政近のあいさつに、ギュンッと鋭いツッコミを返した。

◇

それは二週間前、放課後の教室で協力者を誰に頼むか話し合っていた時のこと。

「……桐生院《きりゅういん》先輩に、お願い出来ないかしら」

アリサの言葉に、政近もゆっくりと頷いた。

「いい……と、思う。バイオレット先輩もアーリャのことを気に入ってたみたいだし……」

「気に入ってた？　いつ？」

「ほら、学園祭終わりに桐生院を連れて謝りに来た時……」

秋嶺祭《しゅうれいさい》終了間近。雄翔《ゆうしょう》を伴って学園祭実行委員会の本部を訪れた菫《すみれ》は、実行委員長と副委員長、そして生徒会の面々に事情を説明し、頭を下げた。そしてその場で菫は、アリサにも個別に謝罪をしたのだが……

『謝られることは何もありません。桐生院先輩はあの騒動とは無関係ですし、そもそも私は妨害工作に負けずにライブを成功させましたから。それより、ありがとうございました。騒動の鎮圧に力を貸してくださって』

そう言って逆に頭を下げたアリサに、菫は満足そうに笑うと、「何か困ったことがあれば力になりますわ」と告げたのだ。

「……たしかに、力になるとは言ってもらったし、私もそれを当てにするつもりだったけど……気に入られたっていうのとはまた違うんじゃないかしら？」

「いやぁあれはかなり気に入ってたと思うぞ？　そもそも、自分の発言に強い責任を持つバイオレット先輩が、そうそう『力になる』なんて言わないと思うし」

「そう、なの」

嬉しさ半分疑い半分の表情で首を傾げるアリサ。それに微苦笑を浮かべ、政近はふと顎に手を当てた。

「そうだな……もしバイオレット先輩の全面協力を得られるなら、四季姉妹《しきしまい》も動員できるかも……」

「しきしまい？」

「ああ、風紀委員会……というか、女子剣道部の名物姉妹、って言っても姉妹じゃないんだけど……とにかくいるんだよ、そういう四人組が。要するに大将である更科《さらしな》先輩を除く、女子剣道部の先鋒《せんぽう》、次鋒《じほう》、中堅、副将なんだけど……」

「はぁ……？」

「バイオレット先輩は副将でその四人組の長女的ポジションだから、もしかしたら協力してもらえるかも？　四人ならちょうど一騎組めるし。もしそうなれば、知名度的にも戦力的にも申し分ないんだけどな……あ、というかお前も見てるぞ？　ほら、あの爆竹騒動の時、犯人を取り押さえた――」

◇

そうして……アリサ自身、ベストメンバーと呼べるだけの面々が、ここに集まった。

菫の後に続いて、三人の女生徒が姿を現す。そして、菫の両側に横一列で並んだ……半身で。

自らもまた少し半身になり、菫がパチンと指を鳴らす。すると、その右隣の活発そうなツインテールの少女が胸を張って声を上げた。

「新橋菖蒲《しんばしあやめ》！」

続いて、その更に右隣のボーイッシュな女生徒が片目を手で覆いながら口を開く。

「大守桔梗《おおもりききょう》」

更に、反対端の眼鏡女子がくいっと眼鏡を押し上げながら言う。

「倉沢《くらさわ》柊《ひいらぎ》」

そして、菫が縦ロールをぶわさっとしながら名乗りを上げる。

「桐生院菫」

最後に、四人合わせて、

「「「「我ら四季姉妹、ここに推参!!」」」」

今にも、背後でドバーンと爆発でも起こりそうな、堂々たる登場。それを見て、感じ入ったようにゆっくりと頷《うなず》きながら拍手をする沙也加。それに釣られるように、首を傾げながら拍手をする毅。

「よっ、乃々亜ちゃん。相変わらずいいお尻だね～触っていい？」

「五万」

「高《た》っか！　え、ちなみに何分で？」

「二秒」

「秒だとぉ!?　え、あ、カードでいいっすかね？」

「払うんですか」

そちらに構わず、乃々亜にセクハラする依礼奈と、思わずツッコミを入れる光瑠。

「あの、マーシャさん。またお腹《なか》出てます……」

「あ、もぉ〜う」

微妙に顔を背けた政近に指摘され、服を直すマリヤ。

集った仲間達を改めて眺め……アリサは呟《つぶや》いた。

【人選間違ったかしら】

第10話　出馬戦

「それでは、皆さんよろしくお願いします」

アリサの掛け声に、その場に集まった全員が頷《うなず》く。

事前練習で集まって模擬戦をした際に、予想される相手の戦術やそれに対する作戦は全員に共有してある。今ここで行ったのは、その簡単な確認だけだ。

だけ、だが……あのアリサが、これだけの人数を相手に自ら仕切っている姿というのは、政近《まさちか》にとって感慨深いものであった。

（本当に、成長したな……）

アリサを喜び半分寂しさ半分という、なんだか保護者のような目で見つめていると、

「ところで、あの……」

毅《たけし》が、依礼奈《えれな》の方を見ておずおずと声を上げた。

「名良橋《ならはし》先輩は……本当にその格好で出るんですか？」

毅に釣られて、その場の視線が依礼奈に集中する。それに対して、依礼奈は顔の横に手を当て、不敵かつ自信満々に笑った。

「名良橋先輩……？　いいえ、違うわ。今のあたしは謎の助っ人《すけと》選手、セクシー仮面よ！」

カッと目を見開く依礼奈の目元には、仮面舞踏会で使われそうなレースのヴェネチアンマスク。そう、仮面で正体を隠す。これこそが、依礼奈を出馬戦に勧誘する際、政近が提案した譲歩であった。ちなみに、仮面と偽名のチョイス自体は依礼奈のセンスである。

「完璧ですエレナ先輩、いえ、セクシー、っ、仮面」

「今ちょっと笑った？」

「いえ全く」

何食わぬ顔で首を左右に振り、政近は大真面目に頷く。

「まあとにかく、それならまず他の生徒にはバレません……もし万が一バレたとしても、エレナ先輩が表立って俺とアーリャの支持を表明したわけではないと十分伝わるでしょう」

「ふふん、そう？」

ご満悦の様子で、ポニーテールに変えた髪をファサッとする依礼奈。そこへ、光瑠《ひかる》が遠慮がちに懐疑的な声を上げる。

「いや、普通にバレると思うんだけど……」

「何を言ってるんだ光瑠。目元さえ隠せば絶対にバレないというお約束を知らないのか？今回はそれに念を入れて、髪型まで変えているんだ。バレるはずないだろう」

「いや、それは漫画とか特撮とかだけのお約束じゃ……しかも髪型に関しては結ぶ位置を変えただけで、誤差の範疇《はんちゅう》だし……」

そう言って、光瑠は同意を求めるように周囲に視線を向けるが……

「エレナ先輩ステキ～かっこいいなぁ」

ぽやぽやしてるマリヤ。

「なかなか、いいのではないですか？」

オタク心が疼《うず》いている沙也加《さやか》。

「撮影以外で初めて見たわあんな仮面」

他人事な乃々亜《ののあ》。

「想像以上にオシャレですわね。わたくし達も今度着けてみましょうか」

菫を筆頭になんかワクワクしてる四季姉妹。何戦隊になる気だこいつらは。

そんな感じで、光瑠と同じように懐疑的な反応をしているのはアリサと毅くらいだった。

まさかの圧倒的少数派という現実に直面し……

「……まあ、名良橋先輩がいいならいいんですけど」

光瑠は、マジョリティーに屈した。そこへ、実況のアナウンスが響く。

『皆さん、お昼休憩に入ったばかりかと思いますが……ここで、特別プログラム〝出馬戦〟を開始します！』

その宣言に、観客席がワッと沸いた。

『それでは早速選手入場です！　まずは入場門より、九条《くじょう》久世《くぜ》ペアの入場！』

歓声と期待に満ちた視線が向けられる中、政近たちは入場門からグラウンドに出る。

『大将騎！　騎手、アリサ・ミハイロヴナ・九条！　騎馬には久世政近、マリヤ・ミハイロヴナ・九条、そして……えっと』

最後の一人で実況は少し口ごもり、微妙に恥ずかしそうに宣言した。

『な、謎の助っ人選手、セクシー仮面です』

その異質な紹介に合わせ、依礼奈改めセクシー仮面が「イェーイ」と横ピースをする。

それに対して、観客席からは困惑に満ちた声が上がった。

「い、一体、ナニ橋先輩なんだ……」

「あれは、ダレナ……誰なんだ？」

「頑張って～何某《なにがし》せんぱ～い」

それらの声を聞き、政近はゆっくりと頷く。

「流石はセクシー仮面。全くバレていませんね」

「そうかなぁ⁉　なんか結構気になる声が聞こえたんだけどぉ⁉」

「部長～！　頑張ってくださ～い！」

「あ、は～い♡　……てぇ！　部長じゃないからぁ！」

吹奏楽部員らしき女生徒にとっさに手を振り返し、直後に否定するという見事なノリツッコミを披露する依礼奈。そして、流石に不安になったのか、小声で前の政近に問い掛けた。

「ね、ねぇ、これホントに大丈夫かなぁ？」

「大丈夫ですよ。さっきも言いましたが、変装している意味くらいみんな分かるでしょうから」

「そうかなぁ……」

「そうですよ」

首を傾げる依礼奈を、政近は自信満々な態度で丸め込む。

（ま、変装をエレナ先輩のお戯れと考える人もいるだろうし、変装してたとしてもエレナ先輩が参加するってだけで十分影響は大きいんだけど）

そんな腹黒い考えは、あえて口には出さなかった。

そうしている間にも、実況の選手紹介に伴って、観客席から生徒達の興奮した声が上がる。

「おおぉ⁉　桐生院《きりゅういん》先輩⁉　しかもあれ、風紀委員のメンバーじゃないか⁉」

「女子剣道部の四季姉妹だ！　あの四人が参加するってマジかよ⁉」

「騎馬は九条先輩と名良……ナニ橋先輩で、あとはバンド仲間か……まあナニ橋先輩以外は順当って感じかな」

「いやいやすげぇメンバーじゃん！　元対立候補の谷山《たにやま》さんに加えて桐生院先輩まで！　マジで、ドリームメンバーの生徒会を作る気なんだな……」

「あ、そうですね。一学期のあいさつでおっしゃっていたことが本当なら……まさか桐生院先輩も新生徒会に迎えるつもりなのでしょうか？　もしそうなら、わたくし九条さんを応援したくなってしまいましたわ！」

　周囲の生徒から好意的な視線が降り注ぐ。誰もが、アリサが集めたメンバーに目を輝かせ、その先に結成されるであろう新生徒会のことを想像して胸を熱くさせていた。

（協力者の摑みは上々……やっぱり、『対立候補であろうと仲間に迎える』っていうアーリャの信念に添って、生徒会関係者で固めたのは正解だったな）

　周囲の生徒が見せる反応に、政近も満足する。

「……あれ？　そうなったら久世がすごいハーレム状態になるんじゃ？」

……一部、余計なことに気付いた生徒もいたが。政近は聞かなかったことにした。

『そして退場門より、周防君嶋《すおうきみしま》ペアの入場です！』

　政近側の選手紹介が終わったタイミングで、今度は有希《ゆき》と綾乃《あやの》が入場してくる。そのメンバーを見て、政近は目を見張った。

「おいおいおい……なんだあれマジか」

「うっわ大人げなっ」

「これはまた……錚々《そうそう》たる面々を連れてきましたわね」

　依礼奈がドン引いた声を、菫が感心半分警戒半分の声を上げる。その中で、沙也加がゆっくりと眼鏡を押し上げながら冷静に言った。

「恐らく騎手を務めるであろう加地《かじ》先輩と浅間《あさま》先輩以外は、運動部のエース級部員ばかり八名……まるで、〝ぼくのかんがえたさいきょうのチーム〟ですね」

「それを実現できるだけの人脈がある……ってことなんだろうね。人脈の広さをアピールするなら、この上ない魅せ方だよ……」

「しかも、ごて～ね～に大将騎以外は男女四人ずつ……性別に関係なく支持されてるってアピールかね～？」

光瑠と乃々亜がそう言う通り、観客席からは有希の人脈に感心する声が多く上がっていた。

それらを聞くでもなく聞きながら、政近は有希と綾乃の後ろに控える二人を警戒心たっぷりに見つめる。そこにいたのは、土嚢《どのう》上げの後に統也《とうや》が口にしていた二人。

「加賀美《かがみ》先輩と西條《さいじょう》先輩……土嚢上げに出てないと思ったら……なるほど、このために体力と筋力を温存してたのか。これは……手強《てごわ》いな」

「あの二人が、例の……たしかに、ずいぶんと女の子が騒いでいるわね」

「まあ、モテるらしいからな……特に加賀美先輩は。知名度と身体能力を兼ね備えた男子としては、あの二人はマジでトップレベルじゃないか？　あんまり後輩の選挙戦に関わる気はなさそうだったし、俺も予想からは外してたんだが……よく口説き落とせたな」

「そりゃ、あれでしょ」

政近とアリサが話しているところへ、乃々亜が何気ない口調で口を挿《はさ》む。

「あの二人が、ゆっきーのこと好きだからでしょ」

「………は？」

予想だにしない言葉に、政近は真顔で振り向く。その視線を半眼で受け止め、乃々亜は淡々と続けた。

「そんな驚くぅ？　ゆっきーモテるし、別に意外じゃないっしょ」

「……」

無言で視線を前に戻す。有希と、何やら笑顔で言葉を交わす二人の先輩が見える。同時に、以前アリサに言われた言葉が脳裏にフラッシュバックする。

『騎馬戦の四人騎馬って、後ろ二人の腕か肩の上に、騎手が腰を下ろすんでしょう？　つ、つまりそれって……後ろ二人が、私のお、お尻を触るってことで……イヤ！　絶ッッ対にイヤ!!』

その言葉を聞いた時、政近は内心呆《あき》れた。潔癖症が過ぎる、と。だが……

（すまんアーリャ、俺が間違ってた）

あの二人の手が、有希の体に触れる。あの、有希に下心を抱いている、野郎共の手が。

（殺す）

シンプルに、殺意が湧いた。

（てめぇら……誰の許可を得て、下心に塗れた手で俺の妹に触れてやがる……発勁《はっけい》ぶち込むぞ）

「おぉ～くぜっち殺《や》る気だね～」

「政近君……？」

アリサの怪訝《けげん》そうな声に、政近は我に返る。そうして、一旦殺意を胸の奥にしまい、先輩方とは後でオハナシすることにして、意識を切り替えた。

「いや、大丈夫だ。まあたしかに手強い相手だが、前が綾乃である以上、身長や機動力で負けることはないと思う。結局戦いになった時、騎手が前傾姿勢になれば負荷が掛かるのは前の奴だしな」

「そう、ね」

「それより……沙也加と、菫《すみれ》先輩は大丈夫ですか？」

「すみっ！　……あのお二人を相手にすること、でしょう？　大丈夫ですわ」

「……今、反射的にツッコみ掛けましたよね」

「なんのことでしょう」

サッと顔を背ける菫にジト目を向けていると、沙也加が眼鏡を押し上げながら言う。

「わたしも、問題ありませんよ。勝負となれば容赦するつもりはありません」

「そう、か」

二人の頼もしい言葉に安心しつつも、政近の心の中は苦々しい気持ちでいっぱいだった。

（予想してはいたが……やっぱりあの二人が騎手か）

沙也加と菫にとって、加地泰貴《たいき》と浅間霧香《きりか》は、中等部時代に会長と副会長として仰いだ人物だ。

二人は問題ないと言っているが、やはりどうしたってやりにくい相手であることは確かだろう。どこまで狙ったのかは分からないが、恐らく団体戦を提案した時点で沙也加が出てくるのは予想できたこと。菫は予想外だったかもしれないが……依礼奈が出て来るのは読まれていた。そして依礼奈にとっては、あの二人は生徒会時代の後輩だ。こちらもこちらで、やりにくい相手であることは間違いない。と、そこまで考えたところで政近はふと気付いた。

(あれ？　でもそれって向こうも同じだよな？)

泰貴と霧香だって、後輩相手に大人げなく勝ちに行くのは躊躇《ためら》うはずだ。その不安要素に目をつぶってまで、あの二人を騎手にしたのにはどのような思惑が……と政近が考えたところで、選手紹介が終わった。

『失格の条件はハチマキを取られること。そして、落馬による騎手の地面への落下！　大将が失格となった時点で勝敗が決まります！　髪を掴《つか》んだり殴ったり蹴ったりといった暴力行為は禁止！　ただし、タックルはアリです！　以上！』

一拍置いて、実況が声を張る。

『それでは両チーム、騎馬を組んでください！』

実況の指示を聞いて、政近は一旦思考を切ってアリサと顔を見合わせ、頷《うなず》く。

「ともあれ、作戦通りに」

「ええ」

短く言葉を交わすと、政近たちはそれぞれに騎馬を組んだ。三つの騎馬に騎手が乗り込み、しゃがんだ状態で待機する。その間に、アリサが全員に声を掛けた。

「事前の打ち合わせ通り、相手は乱戦を仕掛けてくると思います。出来る限り一対一で戦えるよう、桐生院先輩はあちらの……」

「男子騎と女子騎でいいんじゃないか？」

「そうね。男子騎の方をお願いします。沙也加さんは、女子騎の方を」

「承知しましたわ」

「了解」

「では……勝ちましょう」

アリサが最後に告げた言葉に、その場の全員が力強く頷く。そして、

『両チーム、立ち上がってください！』

実況の指示に従って、六つの騎馬が一斉に立ち上がる。向かい合った両チームに、観客のボルテージも最高潮に達し――

『特別プログラム〝出馬戦〟スタートです！』

戦いの火蓋が、切って落とされた。そして、政近たちにとって予想外の事態が起きた。

「ん!?」

敵チームの三騎の内、大将騎を除く二騎がこちらへ向かって来る。完全に予想と違った展開に、政近はとりあえず後退を指示しようとして……言葉を呑《の》み込んだ。

（ダメだ、騎手はアーリャだ。俺がここで指示を出すべきじゃない）

肩に乗せられたアリサの両手から、アリサの動揺が伝わってくる。アリサと手を重ねているマリヤと依礼奈にも、それは伝わっただろう。だが政近たちは、リーダーを信じて無言で待った。

「……」

そうして、焦れるような数秒が経過した後……アリサが声を上げた。

「桐生院先輩、沙也加さん、前へ。あの二騎がこちらに近付けないよう、出来るだけ離れたところで迎撃してください」

「了解しましたわ」

「了解。行きますよ」

「私達は一旦下がります。戦闘に巻き込まれないようにして……少し様子を見ましょう」

「了解、十歩下がります」

後ろのマリヤと依礼奈に声を掛け、十歩数えながら息を合わせて後退する。そうして改めて戦況を眺め、内心首を傾げた。

こちらへ向かってきた敵の二騎だが、菫と沙也加がそれぞれ迎撃に向かうと、速度を緩めて待ち構える態勢に入ったのだ。そして、彼我の距離がある程度詰まると、なんと立ち止まってしまった。

「な～にあれ。睨《にら》み合っちゃってるけど」

「止まっちゃったわね……？」

これまた予想外の動きに、依礼奈とマリヤも困惑した声を上げる。

積極攻勢かと思いきや、慎重な戦い方。向こうの男子騎は騎馬に屈強な男子が集まっており、身長差もあって、菫たちとも互角に戦えそうな雰囲気。女子騎の方は、騎手の霧香が卓球部ということもあり、正直沙也加たちでは分が悪いだろう。

冷静に戦力分析をすれば、ここで向こうが消極的になる理由がない。あるとすれば、先程考えた「生徒会の先輩後輩だから」という心理的な理由になるのだろうが……

（そんなもの、とっくに割り切って来てるんじゃないのか？）

割り切ってるつもりだったが、いざ相対したらやりにくくなった？　なくはなさそうだが、二人同時にそうなるとは……正直考えにくい。

（もしそうじゃないなら、この膠着《こうちゃく》状態自体が有希の狙いってことに……？）

分からない。だが、理由はどうあれ協力者二騎だけが睨み合っているこの状況。

（これじゃあ、盛り上がらんぞ……）

当事者の意識はどうであれ、この出馬戦はあくまで余興だ。つまり、勝敗は別として、ある程度の〝魅せプレイ〟が求められる。

大将が奥に引っ込んで、仲間にだけ戦わせるなんてクレバーな戦い方、観客は誰も求めていない。そんなやり方で勝ちを拾ったところで、むしろ好感度は下がる。それでは本末転倒だ。そしてそのくらいのこと、さっき仮装競走であれだけ魅せプレイに徹した有希ならば、当然分かっているはずなのだ。

(だからこそ、乱戦に持ち込んでくると思ったんだけどな……)

「大将が一切戦わずに仲間に敵将を討ち取らせた」では評判が悪いが、「大将自ら囮《おとり》になって仲間に敵将を討ち取らせた」なら格好は付く。

三対三の団体戦を持ち掛けた時点で、有希の狙いはそこだと睨んでいた。だからこそ、沙也加や菫たちには、大将騎以外の二騎を押さえるように指示していたのだ。そして、その指示を守って、沙也加と菫は男子騎と女子騎を囲むようにじりじりと外側に回り込み始めた。

「側面から……あわよくば挟み撃ち狙いか……もし相手がそれを嫌って移動するなら、それはそれで各個分離できる……」

政近がそう予想を口にしたところで、相手の二騎が動いた。外側に回り込まれないよう、それぞれ反対方向に移動し始める。結果……互いの大将騎を、一直線に結ぶ道が開いた。

「えっと〜これって……狙い通り、よね？」

「うぅ〜ん、まあ？　なんか思ってたのと違うけど……今なら一騎討ち出来ちゃいそう……だね？」

マリヤと依礼奈が、戸惑いながら窺《うかが》うように声を上げる。同じ困惑を、アリサと政近も共有していた。

そう、狙い通りだ。向こうが乱戦狙いなら、こちらは一騎討ち狙い。向こうが団体戦を希望したのは、一対一では勝つ自信がないから。ならば、向こうにとっては一騎討ちに持ち込まれるのが最悪の展開……

(そのはずなのに……なんだ？　これは)

まるで、来てくださいと言わんばかりに開いた道。それは、政近たちにとっては願ってもない状況で……だからこそ、不気味だった。

「罠《わな》……か？　俺達があそこの四騎の間に踏み込んだ途端、左右から一気に挟撃されて乱戦に持ち込まれる……？」

疑念をあえて口にし、仲間と考えを共有する。

「それとも、空城《くうじょう》の計？　本当は何もないのに、さも罠があるかのように待ち構えて、こっちの体力が消耗するのを待ってる……？」

こちらは騎馬二人が女子であるのに加えて、乗っている騎手が向こうに比べて重い。持久戦になれば、こちらが不利なのは明らかだ。

(くそっ、嫌な感じだ)

開戦してから……否《いな》、団体戦を持ち掛けられた時から、ずっと向こうにペースを握られている気がしてならない。状況は悪くないはずなのに、なぜかじりじりと追い詰められているような……ただ、政近にひとつ分かるのは、

(この状況は、有希の思惑通りだ)

ということだった。なら、その状況を変えるために……主導権を握るために、今どうす

べきか。

「行きましょう」

思考の海に沈んでいた政近の意識を、アリサの声が引き上げた。

「仲間を信じて、進みましょう。私が、有希さんを倒します」

信頼感に満ちた、力強い声。自分自身も迷いはあるだろうに、それを一切感じさせずに、仲間の迷いを取り払う声。それは、紛れもなく……導き、率いる者の声だった。

（ああ、すげぇな……アーリャ、お前は……いつの間にか、こんなにも強いリーダーシップを発揮できるようになってたんだな……）

胸の中に、感嘆が溢《あふ》れる。そうして、アリサの声に導かれるように、強い意志が漲《みなぎ》ってくるのを政近は感じた。

「了解だ、大将」

不敵な笑みと共にそう告げると、ぺしっと軽く頭を叩《たた》かれる。それに完全に緊張を解きほぐされ、政近は力強く笑った。

「行きますよ、マーシャさん、エレナ先輩」

「うん」

「いっちょやったりますかぁ」

「おいなんか下っ端っぽいのがいるぞ」

「失敬な！　あっしのどこが下っ端だってんですかい？」

「一人称と語尾」

依礼奈とのボケツッコミで、みんな少し笑い、改めてアリサが号令を発する。

「全速前進！　一気に大将を狙います！　もし大将が後退するようなら、仲間と挟撃してまず女子騎を、続いて男子騎を落とします！」

「「「了解！」」」

一斉にアリサの号令に返答し、政近たちは駆け出す。息を合わせ、練習で出せた最速のスピードで。

それに応じるように、有希たちも前進を始めた。

「っ！」

迫る決戦の気配に、政近の肩を摑《つか》むアリサの手にも力が入る。

そうして、彼我の距離が半分まで縮まり……そこで、敵チームが動いた。

さながら、まんまと飛び込んできた獲物を嚙《か》み砕《くだ》かんとする顎《あぎと》のように、左右に分かれていた二騎が反転して迫ってくる。

挟撃、からの乱戦。危惧していた通りの展開に、しかし政近もマリヤも、そして依礼奈も、誰も止まらなかった。

アリサが、言ったから。仲間を信じると。その言葉を胸に、三人は前だけを見て進んだ。

『あぁっと！　これは挟み撃──いや、桐生院選手速い！　あっ、どうだ？　あ、あ！　取りました！　桐生院選手がハチマキを……って、おぉ!?　すごいタックル！　宮前《みやまえ》選手！　反転した相手に体ごと——あぁ！　ダメだ共倒れ……あぁっ両者落馬！　相打ちです！」

実況が、仲間の奮戦を告げてくる。一瞬、強引に敵を止めたらしい友人達への心配が、政近の胸を過《よぎ》った。が、

「前進！」

それもまた、アリサの力強い声が取り去る。その声に力をもらい、政近はキッと前だけを睨《にら》む。

（菫先輩と協力して挟撃……なんて、クレバーな戦い方はしない。さぁ、勝負！）

正直な話をすれば、政近の冷静な部分は、正面からの真っ向勝負は避けるべきだと言っていた。

まだ、有希の思惑を外せていない。変わらず向こうに主導権を握られているという予感がある。だが……そんなことはクソくらえだ。

我らがリーダーが、正面突破を選んだのだ。それに何より、そちらの方が小気味がいい。

（小細工なしで正面突破、まさに主人公の王道じゃないか）

高揚感に満ちた獰猛《どうもう》な笑みを浮かべ、政近は走った。

互いの距離が縮まる。十メートル、五メートル、三メートル……まで近付いたところで、相手が急に立ち止まった。そして、立ち上がっていた有希が、騎馬の上に腰を下ろす。

（っ、回り込む気——？）

どちらに動くのか。じっと注視し……有希が、ずいぶん騎馬の後ろに腰を下ろしていることに気付いた。更に、後ろの男子二人の肩に手を置いている。その姿勢は、まるで……

(組体操の、三人サボテン……？)

そう直感した、刹那。政近の体に衝撃が走った。

「っ！　はッ⁉」

正面から襲ってきた衝撃に視線を下ろし、綾乃に思いっ切り抱き着かれていることに気付く。先頭の政近が急に立ち止まったせいで、三人の足並みが乱れる。

(ちょっと待てじゃあ有希は――)

慌てて姿勢を整えつつ前を向くと、そこには男子二人の両手に、足を乗せた有希が。その体が、ぐっと前に傾き――

「「せぇ、のぉ！」」

呼吸を合わせ、力自慢の男子二人が一気に腕を振り上げ――有希の体が、空を舞った。

(マジ、か！)

とっさに避けようとするが、綾乃に抱き着かれているせいでロクに動けず、政近は――

「耐えろぉ！」

そう叫び、マリヤと依礼奈の手を強く握ることしか出来なかった。その頭上で、

(ん、な――⁉)

アリサは体ごとこちらへ飛び込んでくる有希を見て、完全に思考停止した。

そして……とっさに、受け止める体勢になってしまった。

勝負のことも一時忘れ、体を踏ん張り、両腕を広げて有希を待ち構える。そうして、捨て身で飛び込んできた友人を、必死に抱き留めた。

目をつぶり、グッと歯を食いしばって衝撃に耐える。そして、

「ありがと、ごめんね？」

どこか悪戯《いたずら》っぽい囁《ささや》きを耳元で聞いた直後――髪の毛が引っ張られる感触と共に、頭からハチマキを奪われた。

「取った！」

そう言って有希がハチマキを突き上げると、観客席から戸惑いの声と歓声とが同時に上がる。

『おぉ!? 周防選手がハチマキを取りました！ しかしこれは………いえ！ 有効！周防選手はまだ地面に落ちていませんし、騎手といえどタックルはルール上アリなので、これは有効です！』

そこで一拍空け、実況は宣言した。

『出馬戦は、周防君嶋ペアの勝利です!!』

その宣言に、観客が大きな歓声と拍手を上げ――アリサは、それをどこか呆然《ぼうぜん》とした気持ちで聞いていた。

Иногда Аля внезапно кокетничает по-русски

エピローグ　これが

出馬戦を終え、アリサの姿はガランとした一年B組の教室にあった。みんなと別れた後、両親の下へと食事に誘うマリヤとも適当に理由をつけて別れ、ここに逃げ込んできたのだ。昼食なんて……とても食べるような気分じゃなかった。

自分の席に腰掛け、グラウンドから聞こえる喧騒《けんそう》を背に、ぼんやりと教室を眺める。

『ごめんなさい』

そう言って頭を下げたアリサを、集まった仲間は誰も責めたりはしなかった。けれど、そんな仲間の優しさがアリサにはつらかった。

「……」

知らなかった。仲間の期待を背負い、その期待を裏切ることがこんなにも苦しいことだなんて。

今までは、ずっと一人だったから。望むような結果を出せなくても、その原因は全て自分で、その結果を背負うのも自分だけだった。でも、今は……

「っ」

アリサを信じて、協力してくれた友人達。新たに仲間に加わってくれた先輩達。笑顔でアリサを支えてくれた姉。そして……

「〜〜っ！」

その顔が脳裏に浮かんで、アリサは机に突っ伏した。歯を食いしばり、拳をギリギリと振り上げ、力なく天板に振り下ろす。

浮かれていた。己惚《うぬぼ》れていたのだ。たくさんの仲間が出来て、彼らにリーダーとして認められて。そう振る舞うことが出来ている自分に、浮かれていた。その全能感に酔って、なんでも出来る気になって……判断ミスをした。

冷静に考えれば分かることだった。こと駆け引きにおいて、自分では有希《ゆき》に敵《かな》わないことくらい。あの場面では、素直に政近《まさちか》を頼るべきだったのだ。そうすれば、まんまと有希の策にハマることもなかっただろう。

なのに勝ちを急いで、自分の能力を過信して……浅知恵で勝負を挑んで、無様に負けた。それだけでも十分に愚かしいというのに……それ以上に救えないのが、勝ちを急いだ理由がただの私情であったことだ。

「最っ低……」

口から漏れた自嘲は、少し湿っていた。きっと、みんな呆《あき》れるだろう。憤慨するかもしれない。アリサが自分の力で出馬戦を勝とうとした理由が、ただ……友達を、誕生日パーティーに誘いたかっただけだなんて。

十一月七日。再来週に迫った、アリサの誕生日。

馬鹿馬鹿しい。そんなこと、出馬戦とは無関係に伝えればいいものを。そんな雑念に囚《とら》われているから、こんな惨めな敗北を喫するのだ。

全く以《もっ》てその通りだ。正論でしかない。でも……それでも…………！

【今日勝って……みんなを誘いたかった……っ！】

この出馬戦で、自分の力で勝利を手にして。仲間達と、観客席の両親に、立派になった姿を見せて。そうして堂々と、友人達を誕生日パーティーに誘いたかった。

毎年、ずっと家族だけで済ませていた誕生日パーティー。言葉には出さなかったけれど、きっと両親は心配していた。そんな両親に胸を張って、高校で出来た友人達を紹介したかった。

もう一人じゃないんだと。素敵な友達が、こんなにたくさん出来たんだと。そう伝えたら、きっと両親は喜んで、笑ってくれるに違いない。

【みんなと、誕生日パーティー、したかった……っ！】

笑顔の両親と、笑顔の友人達に、誕生日を祝ってもらえたなら。それはどれだけ素晴らしい一日になっただろうか。きっと想像もつかないくらい幸せで、楽しくて、嬉《うれ》しくて
……でも、今はもう……

（私、は……）

惨めで、無様で、みんなの期待を裏切った、負け犬。誕生日を祝ってくれだなんて、ど

の口が言うのか。

「ぅ、ぐっ……」

所詮は私情。だからこの結果も、原因も、全て自分だけのもの。誰が悪いわけでもない。出馬戦に私情を持ち込んで、馬鹿みたいに幸せな未来を夢見て、浮かれて負けた自分が全部悪い。

ああもういっそ、誕生日など来なければいいのに。今更家族だけの誕生日パーティーなんて、きっと嘘くさくて、かえって惨めさが募るだけだ。そんな思いをするくらいなら、もう――

「よっ、お疲れ」

そこへ聞こえてきた声に、アリサはビクッと背中を跳ねさせた。

なんで、ここにいるのか。アリサがここへ来たのは彼と別れた後で、彼はアリサがマリヤと一緒にいると思っているはずなのに。

そんなアリサの疑問を余所《よそ》に、声の主はガガッと椅子を引いていつもの位置へ腰掛ける。そして、机に突っ伏したままのアリサにいつもの調子で語りかけた。

「いやぁ今回はしてやられたな。まさか騎手を放り投げるとは……あれ相当練習したんだろうなぁ」

アリサの様子なんて気にした様子もなく、彼は軽い感じで先程の試合を振り返る。

「ま、でも来年以降はルールが修正されるだろうな。騎馬が分離するのが許されるなら、極端な話一人が騎手をおんぶして、他二人が好き勝手暴れる～なんてことも出来るわけだし……今回の場合はルールの不備もあって、誰も気にしてなかったみたいだけど。ま～あんな派手な真似《まね》されたらそっちに意識持ってかれるよな～」

その、憎たらしいほどにいつも通りな態度が……今だけは、ものすごく癪《しゃく》に障った。

「……ねぇ」

「ん？」

「お願いだから、放っておいてくれない？」

抑え切れぬ怒気に声を震わせながら、拒絶の言葉を放つ。が、

「え、やだ」

それは、あっさりとした言葉で跳ねのけられた。それに更に怒りを煽《あお》られながらも、アリサは顔を伏せたまま感情を無理矢理《むりやり》抑え込んだ声で言う。

「見ての通り、今落ち込んでるの……だから、放っておいて」

「落ち込んでるなんて、お前らしくもない。前に沙也加《さやか》も言ってたろ？　落ち込むだけなら誰でも出来ますって。負けは負けとして、また午後から有希を凌《しの》ぐ活躍を――」

「っ！　だって！」

いよいよ耐え切れず、アリサは机に拳を叩《たた》きつけながらわずかに頭を上げると、俯《うつむ》いたまま血を吐くように叫んだ。

「私のせいで、負けたのよ!?　みんな、一生懸命役目を果たしてくれたのに……！　私の

判断ミスで、それを全部、台無しにして……っ！」

天板を睨《にら》みつけたまま必死に涙を堪えていると、横から冷たい言葉が浴びせられる。

「己惚れるなアーリャ」

その、彼らしからぬ物言いに、アリサは思わずそちらを振り向いた。そして、政近の射《い》貫《ぬ》くような視線に思わず息を呑《の》む。目を見開くアリサを真っ直ぐに見据え、政近は淡々と語る。

「俺は……俺達は、お前が勝つと思ったから協力したんじゃない。お前を勝たせるために協力したんだ」

その言葉が、アリサの胸にズシンと突き刺さった。

「あの敗北はお前の敗北であり、俺達の敗北だ。みんなそれが分かっているから、誰もお前を責めなかったんだ。なのに、お前が勝手に一人で敗北を背負うな。それはただの傲慢で、俺達への侮辱だ」

どこまでも冷静に、ゆっくりと語られる言葉が、アリサの胸に痛いほどに響く。気付けば、必死に堪えていた涙がぽろぽろと頬《ほほ》を伝い落ちていた。

滲《にじ》む視界の向こうで、政近が立ち上がる。そうして、頭の後ろに腕を回され、視界が塞がれた。

「悔しいよな……分かるよ」

「……うん」

「俺も……みんな、一緒だ」

「うん……っ」

政近の体操服に、涙が染み込んでいく。それと共に、胸の中の苦しみが流れ出ていくような気がして、アリサは政近の腕の中で泣いた。

（ああ、そう……そうよね）

声を出さずに静かに涙を流しながら、アリサは気付く。

たしかに、仲間の期待を裏切ってしまうのは苦しい。けれどその苦しみを、仲間と一緒なら分け合うことが出来るのだ。

仲間だから。その原因も、結果も、仲間で分け合うものなのだ。

出馬戦に私情を持ち込んだのは、アリサ一人の罪。だから、罰も一人で受ける。それで、いい。

「……もう、大丈夫」

そう告げると、政近は無言で体を離す。その体操服に染みが出来ているのを見て、アリサは急に羞恥に襲われた。

「あ、その……」

俯《うつむ》きながら、もう一度目元を何かで拭おうとするアリサの前に、ハンカチに包まれたペットボトルが差し出される。

「ほれ、遊園地の時のお返しだ。安心しろ、これは綺麗なハンカチだから」

素っ気なく告げられた言葉でその意図を察し、アリサは小さく笑ってそのペットボトルを受け取ると、自分の目元に押し当てた。

買ったばかりの冷たいペットボトルが、目元の熱を吸い込んでいく。そうしていると、再び政近が椅子に座る気配がした。

「ところで、話は変わるんだが」

「？」

なんだか少し不満そうにも聞こえる声に、アリサは少し身構える。目元を隠したまま疑問符を浮かべるアリサに、政近は何気ない口調で言った。

「誕生日パーティーのお誘いは、いつになったら来るんだ？」

「……え？」

「え、じゃねぇよ。ロシアでは、誕生日を迎えた当人がパーティーを主催するって言ったのはお前だろ？　毅《たけし》や光瑠《ひかる》はまあ基本暇人だからいいとして、沙也加や乃々亜《ののあ》や有希は早めに誘った方がいいと思うんだが？」

本当になんてことない調子で告げられた言葉に、アリサは少し視線を上げ、政近と目が合ってすぐに顔を伏せる。

「でも、私は――」

「言っとくが、ロシアでは誕生日パーティーに誘わないのは『あなたとは今年もう仲良くしません』って意思表示になる～だったたか？　あれ、雑学みたいな感じで有希や毅辺りにポロッと話しちゃったから、誘わなかったらたぶん友情に亀裂入ると思うぞ？」

それは、数カ月前にアリサが苦し紛れに政近に言った言葉。アリサ自身、今の今まで記憶の彼方《かなた》に忘却していた言葉。

（あんな言葉を、あなたは覚えて――）

気付けば、アリサは笑ってしまっていた。それが嬉《うれ》しさ故か、可笑《おか》しさ故か、自分でも分からないまま。ただいつの間にか、胸の中を埋め尽くしていた悲しみと自己嫌悪は消え失《う》せていた。

あぁ、なんということか。この魔法使いは、アリサが一人で背負おうとしていた苦しみも、罰も、なんてことない顔で消し去ってしまうのだ。アリサの独りよがりな覚悟なんて、歯牙にもかけずに。

「……で？　誘う気はあるのか？　なんだったら俺から話を回してもいいが」

「……いいえ、自分で誘うわ」

「そうか」

そう短く答え、政近が立ち上がる音がする。そして、未《いま》だに顔を伏せたままのアリサに、ぞんざいな口調の声が掛けられた。

「それじゃ、適当に戻ってご飯食べろよ？　午後からまた頑張らないといけないし……大体、俺にじいちゃんばあちゃんと飯食うように言ったのはお前なんだからな？　ちゃ～んと自分も家族と飯食えよ～」

それだけ言い置いて、政近が立ち去る気配がする。それに気付いて、アリサはとっさにペットボトルを置くと、教室を出て行こうとする政近の背中に抱き着いた。そして、政近の肩に顔を埋めて尋ねる。

「私の、誕生日パーティーに……来てくれる？」

「……おう」

「私の誕生日を、お祝いしてくれる？」

「当然だろ？」

本当に、本当に当然のように返された言葉に、アリサの心は喜びで満たされた。また目元がじわーっと熱くなってきて、アリサはぐっと目をつぶる。

「……ありがとう」

辛うじてそれだけを伝え、アリサは体を離した。俯き唇を噛《か》み、必死に涙を堪える。そのアリサを、振り返ることもなく。

「ん」

政近はそう短く言って肩越しに手を振ると、そのまま教室を出て行った。その、どこまでもいつも通りで……それでいて小憎たらしいほどに思いやりに満ちた態度に、アリサは泣き笑いを漏らす。

「ほんっとに、あなたは……」

飄々《ひょうひょう》となんでもないような顔をして、そのくせいつだって一枚上手で。

本当に腹立たしくて、憎たらしくて……なのに、アリサの悲しみや苦しみを、魔法のように溶かしてくれて。そんな政近が、本当に……頼もしく、て？

（あ、れ……？）

ドクドクと、心臓が強く脈打つ。目元だけじゃなく、全身を痺《しび》れるような熱が包んでいる。頼もしい。その通りだ。政近は誰よりも頼りになって、尊敬できる人で……でも、本当に腹が立つ部分もあって。そんな、政近のことが……

（私は……）

心臓が痛い。体が熱い。頭の中に、マリヤと麻恵の言葉が蘇《よみがえ》る。

『恥ずかしくって、わーって叫びたくなっちゃうんだけど、嫌じゃないの。なんだか幸せな気持ちで、それで――』

『憧れや、尊敬。あるいは友情。もちろんさっきあなたが言った、人としての好意。そして人によっては、執着や憎悪。そういったいろんな感情ぜ～んぶひっくるめて、恋と呼ぶのだと思うわ……』

積み重ねてきた想いが、与えられてきた教えが、ひとつの答えに結実し――

（違う）

浮かんだ答えを、とっさに頭が否定する。でもその声を、即座に心が否定する。

否定、否定、否定、否定、そうじゃない、けど、そうじゃなくて、それは、勘違い、嘘、でも、ああこれが、

любовь....

あとがきで埋め切れなかったからSS

それはまだ少女がただの幼馴染みだった頃の話

「有希《ゆき》様、少しよろしいですか？」

『なんでしょう』

「こちらに綾乃《あやの》は来ておりませんか？」

『はい、いますよ』

「左様でございますか。少し失礼いたしますね」

断りを入れ、周防《すおう》家に仕える使用人、君嶋《きみしま》なつは扉を開ける。そして、有希がいるベッドの向こうに腰掛けている女性を見て、折り目正しく一礼した。

「これは失礼いたしました。優美《ゆみ》様もいらっしゃったのですね」

「ええ……ダンス指導の時間ですか？」

「はい、そろそろ講師の先生がいらっしゃいますので……」

なつがそう言うと、優美や有希と一緒にトランプをしていた綾乃が、ベッド脇の椅子から下りる。

「それじゃあまたあとでね、ゆきちゃん」

「うん、ダンスがんばってね、あやのちゃん」

ベッドの上の有希と小さく手を振り合うと、綾乃は優美の方を向いてぴょこんと頭を下げた。

「それではしつれいします、ゆみさま」

「ええ……頑張って」

「えと、きょうしゅく？　きょうしゅくです？」

ぎこちないあいさつをしてからトテトテと近付いてくる綾乃に、なつは相好を崩す。

この孫娘は最近、なつたち夫婦の真似《まね》をしているのか、優美や恭太郎《きょうたろう》や厳清《げんせい》に対して、見よう見まねで礼儀正しい振る舞いをするのだ。それが、なつにとっては可愛くて仕方がなかった。ただ、その一方で、

「おまたせしました、おばあさま」

同じように政近《まさちか》と有希の真似をしているのか、綾乃はなつたち夫婦に対してまで敬語を使うようになっており……それが少しだけ寂しくもあった。

（この年の子は周りの影響を受けやすいと聞くし、仕方ないのかしら……？）

何度か「前みたいに、おばあちゃんって呼んでくれていいのよ？」とは言ったのだが、大人しく控えめな性格でありながらも、この孫娘は意外と頑《かたく》なな一面も持っているらしく。一度敬語に変わってからはずっとそれを貫いているので、なつも最近はもう何も言わないようにしている。

（それでも、この歳《とし》でちゃんと敬語を使えるなんてすごいわ！　将来立派な使用人になれるわね！　あら、最近の子は使用人なんて嫌がるかしら）

内心親バカならぬ婆《ばば》バカを発揮しつつ、なつはサラッとフラグを立てた。そのフラグが回収される日はそう遠くないとも知らずに。

◇

「はい姿勢よく！　それではもう一度最初から！」

周防家のホールに、ダンス講師のハキハキとした指示が飛ぶ。それに従い、政近と綾乃が手を取り合う。

元々、このダンス指導は周防家の跡継ぎである政近のためのもの。だが、綾乃もそのパートナー役として、政近と一緒に指導を受けているのだ。

呼吸を合わせ、一緒に踊る二人を見て、なつは感嘆の息を吐いた。邪魔にならなければ、思う存分拍手を送りたい気分だった。

（はぁ……なんて素晴らしい。神童という言葉は、政近様のようなお子のためにあるのでしょうね……）

習い始めてまだ日も浅いというのに、政近の踊るワルツにはもう余裕すら感じられる。業界でも厳しい指導で知られるダンス講師も、政近を見て満足げに頷《うなず》いていた。

「政近さん、大変ようございますよ！　ただ、ターンの時に少し下半身が先に動くことがあるので、そこをもう少し注意しましょう！」

飛んだ指導に、政近は即座に対応してみせる。天才と呼ばれるに相応《ふさわ》しい、驚異的な呑《の》み込みの早さを見せる政近だったが……それに付き合わされるパートナーは大変であった。

「綾乃さん下を見ない！　姿勢が悪くなりますよ！　ミスをしても視線はそのまま！」

うっかり政近の足を踏んでしまい、パッと下を見た瞬間に注意が飛ぶ。だが、それで慌てて視線を戻すと、ますますステップは乱れる。そうするとまた足を踏んでしまい……悪循環に突入してしまう。

「はい、そこまで！　十分だけ休憩にしましょう！」

結局、そう声が掛かるまで、綾乃は計六回政近の足を踏んだ。これには綾乃もすっかり落ち込んでしまい、椅子の上でガックリと項垂《うなだ》れる。

「ごめんねちかくん……わたし、ダンスがヘタで……ちかくんのあし、いっぱいふんじゃった」

「ううん、ぼくだって一回ふんじゃったし……ごめんね？　いたくなかった？」

「それは、わたしがステップをまちがえたからで……ごめんなさい」

悄然《しょうぜん》と俯《うつむ》く孫娘に、なつが声を掛けようとしたところで……綾乃がぽつりと呟《つぶや》く。

「ゆきちゃんだったら、きっともっとうまくやれるのに……わたしってホントにダメダメ……」

それは、幼馴染《おさななじ》みの兄妹に対して、綾乃が抱いていた劣等感の発露。予想外に深刻な響きを持ったその呟きに、なつは言葉を詰まらせた。しかしそこへ、政近が不思議そうに言う。

「あやのは、ダメダメじゃないよ？　だって、あやのはすっごくやさしいから」

「……やさしい？」

「うん。だって、ぼくのダンスのれんしゅうにつきあってくれてるし、ベッドから出れないゆきとだってあそんでくれてる。ぼくは、いつもあやのにありがとうって思ってるよ？」

顔を上げ、目を見開く綾乃にニッコリと笑いかけ、政近は「それに」と続ける。

「ぼくは、あやのとのダンスすきだよ？　ピッタリいきが合って、きもちよくなることが少しずつふえてって……それがたのしいんだぁ。だから……」

そこで椅子を下り、政近は綾乃に手を差し出す。

「これからも、ぼくのパートナーでいてくれる？」

無邪気な笑みと共に送られたその言葉に、綾乃も数度瞬きをしてからニコッと笑うと、椅子を下りて政近の手を取った。

「うん！」

「ありがとう」

笑顔で手を取り合う二人を見て、なつはハンカチで目元を押さえる。

（政近様……なんてご立派な！　自らの才に驕《おご》ることなく、他者への気遣いを忘れない……旦那様、周防家は安泰です……）

と、感無量になる一方で、

（政近様、それはもはやプロポーズです！）

言った本人にそんなつもりは一切ないと分かっていながらも、なつは思わず心の中でツッコんだ。

（もちろん政近様ならば綾乃のお相手としては……でも身分差が。ああでもそれはそれでステキ！　優美様と恭太郎様はお気になさらないでしょうし、旦那様も奥様に関しては——）

何やら孫娘の将来について、年甲斐《としがい》もなく乙女のような妄想を暴走させるなつ。そんな祖母の考えに反して、

（やっぱりちかくんはすごい！　わたしも、もっとがんばらないと！）

やはりそこは子供と言うべきか。綾乃も政近のプロポーズじみた言葉は全く気にしておらず、ただ純粋に尊敬の念だけを募らせていた。だがしかし。

実のところ、一人の少女として、なんの気持ちも芽生えなかったわけではなかった。

（さっきちかくんにふまれたとき、なんだかフシギなきもちがした……）

……その内容は、祖母が考えているのとは全く違ったものだったが。

少女が、積み重ねた想《おも》いの果てに、自らの生きる道を決めるのはもう少し先の話……

послесловие

あとがき

どうも、燦々《サンサン》SUN《サンサン》です。4・5巻に続いてあとがきゼロページ状態に陥り、後先考えず締め切り一週間前に16ページ足してしまって呆然《ぼうぜん》としている燦々SUNです。なんでこう、もっといい感じにページが余ってくれないんですかね？　3ページから8ページくらいで余ってくれれば、もっとやりようはあるんですが。いや、自分でページ管理してない私が全面的に悪いんですけども。

もうね、書くことがない。カバー袖コメント見れば分かるでしょう？　あの迷走っぷり。自分でも何書いてんのか分からないですよ。理系の人ならあの数字の妙に「おっ」と思ってくれるかもしれませんが、たぶん文系の人はぽっか〜んですよ。文系じゃなくてもぽっか〜んか。

しかも、こんなペンネームしておいてあんだけ自分でいじっておいて、実際のところ私数字としての3は別に好きでもないっていうね。私が好きな数字は24です。その次が12。いいですよね24。なんとも言えないかっこよさがあります。まず響きがいい。見た目もいい。一桁の数字の内、5、7、9以外の全ての数字で割り切れるというのもまた美しい。

12もいいです。十二使徒、十二神将、干支《えと》、冠位十二階、十二指腸……は、まあいいとして。いろんなところで登場するこの数字には、やはり他にはない美しさがあるのだと思います。13もいい。厨二病的なかっこよさがある。同じ理由で14も意外と捨てがたい。15にはなんのロマンも感じない。あれはただのイチゴだ。

そうそう厨二病的な魅力というなら、やはり0は忘れてはいけない。0を数字として扱うかどうかは微妙なところがありますが、それも含めてかっこいい。この魅力が分からない者は厨二病にあらず。厨二病だけに、イチから出直してこい。1から出直したら0には辿《たど》り着けないけどな！　ハッハッハ！

……うん、カバー袖コメントが理系の人ならどうこう言っておいて、理系の人でもついてこれない話をしてしまった。え？　なになに？　もっと話していいって？

仕っ方ないなぁ！　じゃあ三桁の数字の話をするけどやっぱり厨二病としては（以下略）

さて、六桁の数字まで語ったところで次の話題に移りましょうか。なんだか最後の方、スマホのパスコードをバラしちゃってた気もするけどきっと気のせいだ。ええ～じゃあ次は何を――って、あっ、あの話はしておかないといけないな。

前回のあとがきについてです。私はあとがきの代わりにSSを載せるのが、ほぼ間違いなくラノベ史上初ではないかとか言ってましたが……友人の作家さんに言われました。「え？　他にもあるよ？」と。

……赤っ恥です。あまりラノベ読んでない弊害がこんなところで出ました。そうなんです。実は私、ラノベ作家のくせにラノベあんまり読んでないんです。5巻のあとがきでもチラッと言いましたが、私にとって新しいことを始めるのってすごく労力がいることで……ラノベでも漫画でもアニメでも、新しい作品に手を出すのってすっごく億劫《おっくう》なんですよね。それが巻数積んでる有名作品であればあるほど。そんな私の性格もあって、デビュー前に自分で買って読んだラノベ作品って……十作品くらい？　その中でラブコメってなると……二作品、かなぁ？　それも高校までで、大学入ってからは手軽に読めて新作にも手を出しやすいなろう小説に傾倒していったので、尚更《なおさら》ラノベからは足が遠のき……ってそんな話はどうでもよくて。

なんか画期的なことやってた気になってましたが、実は先駆者がいたみたいです、あとがき代わりのSS。ただまあ、あとがきをSSで挟むっていうのはたぶんラノベ業界初なので、完全に間違いってわけでもないかな、うん。

今回もそれに味を占めて、SSをぶっ込んで字数稼ぎをしています。一回あの楽さを知ったら、もう全部をあとがきで埋めようなんて考えられなくなりますよ。なんせ同じページ数でも文字量が違う。SSなら短いセリフでも一行消費できますし、地の分でもバンバン改行できますからね。もっとも、前回調子に乗って書いた結果、なぜかページ数が足りなくなって改行詰めたり文章削除したりするハメになりましたが。スリットパイセンのS

S書くのが楽し過ぎた……

そうそう、そのスリットパイセン、原作ではまだ顔出ししていませんが（今のところする予定もありませんが）、実はコミカライズの方では既に顔出ししていたりします。私がちょうど6巻の原稿を書いていた時、コミカライズの方で原作1巻の過去話（中等部学園祭のエピソード）をやっていまして。届いたネームに手芸部員が登場していたので「これはちょうどいい」と思い、コミカライズ担当の手名町紗帆《てなまちさほ》先生に「これスリットパイセンにしません？」って6巻原稿と一緒に提案しましたら、手名町先生もノリノリで賛同してくださり、そのような運びとなりました。

面白いのが、実はそのスリットパイセンが登場するエピソードがマガポケで更新された当時、まだ原作6巻は発売していなかったんですよね。つまり、スリットパイセンは原作より先にコミカライズの方で登場していたってことで……コミカライズの更新を毎回追っ掛けてくださっている読者さんほど、その存在をスルーしてしまうという罠《わな》が生まれてしまいました。まあもっとも、そのエピソードが収録されたコミカライズ第2巻は原作6巻の後に発売されてますし、このスリットパイセンの話に関してはコミカライズ第2巻の手名町先生のあとがきでも触れられていますので……毎回更新を追っ掛けてくださっているような読者さんであればと〜ぜん単行本も購入されてるでしょうし、そちらで気付けているはずではあるんですけどね。ねっ！

ゴホン、つまり何が言いたいかって言うと、みんな！　コミカライズの単行本も買ってね！　ってことです。買えば、私の馬鹿みたいに字が細かいあとがきが読めます。「原作者あとがきを1ページでお願いします」と言われて、「なるほど、1ページに収まればいいんだな？」と返した原作者がこの私です。そのくせ収める作業は丸投げっていうね……ぺ、ページ数じゃなく、文字数で上限指定しなかった先方の落ち度だと思います。禁じられてないってことは、それはやってもいいってことなんですよ。「常識で考えれば分かるだろ」な〜んて言葉は後から言っても無意味です。世の中には、私みたいに常識では考えられないことをする人が大勢いるんですから。

こう言うときっと、非常識なことしてる自覚あるくせに、なんでそんなに偉そうなのかと思うでしょう。逆です。非常識なことしてる自覚があるからこそ、偉そうに振る舞うのです。人間、内心後ろめたいことがある人ほど、無駄に偉そうに振る舞ってその後ろめたいところを指摘されないよう周囲を威圧するんです。そういう人を見掛けたら、「ああ、虚勢張ってないと生きていけない可哀《かわい》そうな生き物なんだな」と憐《あわ》れみの目で見てあげましょう。もっとも、世の中には自分が非常識である自覚すらなく、謎に偉そうな非常識人というのも一定数存在しますが。そういう人を見掛けた場合は、「ああ、恵まれない環境が生んだ悲しきモンスターなんだな」とやはり憐れみの目で見てあげましょう。憐れみの目で見て、ジャーマンスープレックスを決めてあげましょう。ジャーマンスープレックス決めちゃいかん。やるなら頭の中だけにしましょう。ん？　なんですかその目は。あ、そうそう。ついでに私の書き下ろしSSも読めますよ。コミカライズの単行本買えば。ということで、単行本買いましょう。よっし頼まれてた宣伝終わり！

さってと、コミカライズの宣伝して、次は……アニメ化の話か？

……いや、特に話すことないかな。どこまで話していいのかも分からないし。ああ、企画は着々と進行していますよ？　今回刊行の間隔が五カ月になったのだって、コミカライズの作業にアニメ化の作業が加わったからですし。これが兼業作家の限界です。と言いつつ、結局のところ締め切り間近になって大慌てで原稿仕上げるっていう夏休みの中高生みたいなことやってるんで、自分を追い込めば四カ月ペースを維持できた気がしないでもないこともないように思えるとは一概には言えないとも考えられるんじゃないかというのも否定は出来ない。どっちだ？　自分でもよく分からない。

さて、アニメの話が出来ないってなると……いっそのこと文系ウケを狙って創作論でも語りましょうか。語りませんけど。なんか嫌なんですよね、創作論語るとか。自意識過剰っぽくて。別に他の人がやってるのを見てる分にはなんとも思わないんですが、いざ自分がやるとなると「オイオイ、一作品書籍化したくらいでなんか語り出しちゃったよ」と頭の中の小悪魔がプークスクスし出すので。そもそも第一話と第三話と第六話と第八話を並行執筆するような変態的な書き方をする奴の話を、誰が参考にするねんって感じですし。

はい、実は私、ロシデレ書く時プロローグから順番に書いていません。大体複数のエピソードを並行で執筆してます。酷《ひど》い時はほぼ全エピソード並行執筆したりしますね。

とまあこんな感じで小説の書き方が人それぞれであるように、創作論なんて本っっっ当に人それぞれなので、いちいち真に受けない方がいいです。話半分、いや、三分の一くらいに聞いておけばいいと思いますね。私自身、プロの作家が語っている創作論を聞いて「そうかなぁ?」と思うことも多いですし。むしろ、「それはその通り」って思うことの方が少ないです。だから、私なんかは小説の書き方をわざわざ勉強するよりも、自分が好きな作品、良いと思う作品を深く読み込んで、「見て盗め」ならぬ「読んで盗め」を実践した方がいいと思いますね。盗めって言っても盗作しちゃダメですけども。

その上で他の人の意見を参考にしたいなら、作家仲間の集まり、それもなるべくいろんなタイプの作家さんが集まっているところに参加して、そこで意見を求めればいいと思います。そこでも当然、三者三様十人十色な意見が出るでしょうが、本当に直すべきところに関しては複数人から同じ意見がもらえるはずです。そこを直していけば、その内に人並み以上には書けるようになると思いますよ。まあこれも広義の意味では創作論なので、真に受けなくていいですけど。話三分の一で聞いておけばいいです。こんなテキトーな文章書く奴の言うことなんて、更にその三分の一くらいで十分です。九分の一なのに十分とはこれいかに。ああまた理系の人(以下略)

さてさてなんだか数字のことばっか話してた気がしますが、そろそろページが埋まりそうなので謝辞に移ります。

今回も鈍足進行で大変なご迷惑をお掛けしました編集の宮川《みやかわ》様。毎回締め切りギリギリ……どころかオーバー気味で大変申し訳ない。反省はしてます。してるんです。してるだけかもしれません。こんな私を許してくださる寛大なお心に加え、宮川様のフラットな視点からのご意見にはとても助けられております。いつも本当にありがとうございます。

次に、今回も素晴らしいイラストの数々を描いてくださったももこ先生。大変お忙しいでしょうに、毎回枚数減らさず神クオリティなイラストを用意してくださって、とても有難く感じております。特に今回は、新キャラのキャラデザに加えて複数キャラが映る挿絵まで多数……本当にありがとうございます。

そしてコミカライズにて、アーリャやマーシャに続いて、妹モードの有希《ゆき》まで素晴らしく可愛く描いてくださっている手名町先生。毎回素敵なコミカライズをありがとうございます。Ｔｗｉｔｔｅｒで頼まれてたコミカライズの宣伝はきっちりやっておきました。十中八九冗談のつもりだったんでしょうが、フハハ、やる相手を間違えたな。ま、あれが宣伝になってるかどうかは意見が分かれるでしょうがね！

そしてそして最後に、コミカライズ関連の業務で新しく担当編集についてくださった鈴木様を始め、ロシデレの製作に関わっている全ての方々と、ロシデレを読んでくださっている全ての読者の皆様に、数字では表せないほどの感謝をお送りします。ありがとうございました！　また次巻……の前に、コミカライズ３巻の原作者あとがきでお会いしましょう。ねっ！

#ロシデレ
よろしくおねがいします:)